# 16
# लल्लनटॉप कहानियाँ

बापू हानिकारक
क्या चल रहा है?
झमाझम

www.theLallantop.com

की कहानी प्रतियोगिता के विजेताओं की कहानियाँ

# 16
# लल्लनटॉप कहानियाँ

वाणी प्रकाशन

वाणी प्रकाशन
*4695, 21-ए, दरियागंज, नयी दिल्ली 110 002*
शाखा
*अशोक राजपथ, पटना 800 004*
फ़ोनः 91 11 23273167 फ़ैक्सः 91 11 23275710
www.vaniprakashan.in
vaniprakashan@gmail.com
sales@vaniprakashan.in

16 LALLANTOP KAHANIYAN
*Edited by* Avinash Mishra

ISBN : 978-93-87409-52-1
Collection of Stories


प्रथम संस्करण 2017

मूल्य : ₹ 99



*सिटी प्रेस, दिल्ली-110 095 में मुद्रित*

*वाणी प्रकाशन का लोगो मक़बूल फ़िदा हुसेन की कूची से*

# प्रस्तावना

कहानी कहने से बनी। सबसे पहले किसने कहा। माँ ने आ...आ.. .आ... से ये सफ़र शुरू हुआ। पहला पड़ाव आ से होकर माँ तक पहुँचा। फिर माँ ने बड़ा किया। उस क्रम में खूब कहानियाँ सुनायीं। गोपाल भइया और उनके दाऊ की। अकबर–बीरबल की। राम की। कृष्ण की। फूला रानी की। फिर अक्षर मिलाकर पढ़ना सीखा गाँव के प्राइमरी स्कूल में। छोटा अ से अनार। जो आ सुना था, वह ध्वनि थी। यहाँ उसे आकार मिल गया। क म ल कमल तक पहुँचा। फिर पूरे वाक्य। और जब वाक्य मिलाकर पढ़ने लगे तो सबसे ज्यादा क्या पढ़ा। कहानियाँ। नयी क्लास की किताबें आतीं तो सबसे पहले सारी कहानियाँ पढ़ जाते। इतिहास की किताब में भी युद्ध और शान्ति के किस्सों की तलाश रहती। मन की सराय में यही थे जो सबसे ज्यादा रुकते और जब जाते, तब भी निशाँ छोड़ जाते। यहाँ हर कोई आता। प्रेमचन्द भी और मनोहर कहानियाँ भी। सुपर कमांडो ध्रुव भी और चेखव भी। इसी सिलसिले ने एक समझ दी। हमारे दौर की मेरे जानिब सबसे बड़ी समझ. ये जो इंटरनेट के दौर में हम हर वक़्त तथ्य को इकलौता सत्य मान बैठे हैं। और उसके लिए याददाश्त के बजाय मशीन पर बसेरा करने लगे हैं। तब कल्पना, किस्से, स्मृति और उन्हें बयाँ करते शब्द ही हैं, जो हमारे होने को बचाये रखेंगे। कुल जमा अपनी यादों के पुतले ही तो हैं हम। ये अगरबत्ती से उठते धुएँ–सी है। जो हर बार कुछ ऊपर उठ अपनी दिशा तय करती है। हर बार अलग। साइंस की भाषा में कहें तो ब्राउनियन मोशन–सी कल्पना। और उसे कुछ तरतीबी देते हैं किस्से। भाषा के खाँचे में

फिट करते। कुछ रन्दा चलता। कुछ पॉलिश होती। और एक ठोस चीज़ हासिल होती।

और इसी सोच के चलते लल्लनटॉप ने नैरेटिव पर ज्यादा ध्यान रखा। चाहे नेताओं की बात हो या समाज की। उसकी सोच, समझ, सूरत, सीरत को कहानियाँ, संस्मरणों, अनुभवों के जरिए प्रस्तुत किया। एक ऐसे समय में जब हिन्दी साहित्य को बाजारवाद में पिछड़ता करार दिया गया। जब हिन्दी को पिछड़ेपन की चिन्हारी माना जाने लगा। हमने हिन्दी को अपनी सबसे बड़ी ताक़त पाया। और ये हिन्दी आधुनिकता के छद्म तकाज़े से पैदा नहीं हुई। इसमें नयेपन के नाम पर सिर्फ़ अंग्रेज़ी के शब्द नहीं भरे गये। इसे दी गयी ज़मीन की ताक़त। आंचलिकता की ताक़त। ब्रज हो या बुलेन्दी। अवधी हो या भोजपुरी। हरियाणवी या पंजाबी। राजस्थानी या फिर मालवा या बघेली। सब हिन्दी की जड़ों को सींच रही हैं। अकुण्ठ भाव से शब्द आवाजाही कर रहे हैं। इन शब्दों को अपने पिटारे में रख नयी पीढ़ी दुनिया नाप रही है। कोई गाँव छोड़ शहर आया। कोई शहर छोड़ महानगर और कोई इस चौहद्दी को लाँघ विदेश गया। उसका उलटा भी हुआ। मगर ये मादरी ज़बान के सिक्के खनखनाते रहे। अपनी शुरुआत, अपने आत्म का भान कराते रहे। और इस क्रम में हमने दोनों दुनिया साध लीं। नये के प्रति अतिरिक्त मोह नहीं और पुराने के प्रति पूरा तिरस्कार भी नहीं। मध्य मार्ग. सम भाव से।

ख़बरों और भाषा का ऐसा कारवाँ जिसमें अवधी की कहावतें और उनके मूल में छिपा प्रसंग भी उतना ही जरूरी है, जितनी किसी रैपर के बोलों में छिपी बग़ावत। जहाँ गुड्डी गिलहरी और एडेल, दोनों को सुनने–समझने का चाव हो। जहाँ शिम्बोर्स्का को भी गुना जाये और समीर के लिखे फिल्मी गानों पर भी विचार किया जाये। जहाँ मार्खेज को पढ़ते हुए मनोहर कहानियाँ के प्रति हेय भाव न रखा जाये। क्योंकि जो लोकप्रिय है, वह भी मानस रच रहा है। शास्त्र और लोक, दोनों का सन्धान हो। वाद–विवाद–संवाद हो। ऐसा भाव रहा। और इसने ख़ूब सफलता हासिल की। अपनी शुरुआत से ही 'दि लल्लनटॉप डॉट कॉम' को पाठकों और दर्शकों की प्रतिक्रिया मिली। उन्हें हमसे एक

जुड़ाव महसूस हुआ। इसका अगला क़दम था कि उनकी आवाज़ का भी यह एक मंच बने। वह भी अपनी बात कह सकें। पूछ सकें। इस नजरिए से लल्लनटॉप अड्डे की शुरुआत हुई। जहाँ हस्तियाँ आती हैं, हँसती हैं, बतियाती हैं। इसी विचार का एक पड़ाव लल्लनटॉप कहानी कॉम्पिटिशन भी है जिसके पहले संस्करण में सैकड़ों कहानियाँ लिखी गयी। उनमें से चुनी गयीं ये 16 कहानियाँ आपके सामने हैं। मैं अकसर कहता हूँ कि बाज़ार और तकनीकी हिन्दुस्तानी के लिए आगे बढ़ने का एक मौक़ा हैं, कमज़ोरी नहीं। इसी बाज़ार की लहर पर सवारी कर समृद्धि मिलेगी—विस्तार होगा। और इसी सोच के तहत पहली कहानी को 1 लाख की प्रोत्साहन राशि दी गयी, जबकि बाकी 15 कहानियों को 5 हज़ार की राशि। ये उनके कृतित्व का मूल्य नहीं है। एक उकसावा है कि वे रचें और उद्दाम वेग से आगे बढ़ें।

ये जलसा हर साल होगा। हर साल हरे मैदान पर सूरज दिन भर सफ़र करेगा। और नीचे काग़ज़ पर लल्लनटॉप के पाठकों की कल्पनाएँ। उनके आखर उजाल और अँधेरे के बीच की कहानियाँ कहेंगे। हर साल चुनिन्दा कहानियाँ किताब की शक्ल में आपके सामने आयेंगी।

और अन्त में एक प्रार्थना रह जायेगी कि सब कुछ बीतने पर भी जो बात बनी रहती है, वह यूँ ही आगत के लिए काग़ज़ों पर उतरती रहे कि कहानियाँ कही सुनी और पढ़ी जाती रहें और हम यूँ ही एक शब्द की उँगली पकड़ हर बार एक नयी दुनिया में उतरते रहें। और जब लौटें तो पहले से ज्यादा सरल, संयत और सहज होकर।

अस्तु!

**सौरभ द्विवेदी**

*सम्पादक*

# कम निर्मम हम और कुछ कहानियाँ

अविनाश मिश्र
*सम्पादक*
www.theLallantop.com कहानी प्रतियोगिता

साल 2016 का नवम्बर, एक गुनगुने महीने में 'आज तक' ने एक दो दिवसीय साहित्य उत्सव के बहाने कुछ सरगर्मियाँ पैदा कीं। इन सरगर्मियों को बढ़ाने में एक बड़ा किरदार 'लल्लनटॉप कहानी कॉम्पिटिशन' का भी रहा।

यह हिन्दी के इतिहास में पहला मौक़ा था, जब साहित्य के किसी समारोह में इस तरह की कोई प्रतियोगिता आयोजित की गयी।

कहानी मौक़े पर ही लिखनी थी–हिन्दी में और देवनागरी लिपि में–आयोजकों द्वारा दी गयी कलम और कॉपी पर। कहानी अपने मनचाहे विषय पर लिखने की छूट थी। सुबह से शाम तक का वक़्त था–एक मौलिक और सर्वथा अप्रकाशित–अप्रसारित कहानी गढ़ने–रचने के लिए।

इस प्रक्रिया में देश के अलग–अलग स्थानों से आये क़रीब 500 कहानीकारों ने हिस्सा लिया और कहानी लिखी। लेकिन बहुत सारे 'कहानीकार' एक पेज से ज़्यादा नहीं लिख पाये। बहुत सारे 'श्री गणेशाय नमः' और 'जय माता दी' की औपचारिकता में फँसकर कलम–घिसाई कर गये। बहुत सारे बता गये कि उनके पास कितनी सारी कहानियाँ हैं और उन्हें कैसे पढ़ा जा सकता है। बहुत सारे इस प्रतियोगिता को एक 'रुदनवादी' मंच के तौर पर इस्तेमाल कर गये।

इस प्रकार के आरम्भ और अन्त के बीच कुछ अनुभव और डायरीनुमा टुकड़े भी कहानी के नाम पर सामने आये। कहानी क्या है, क्या हो, वह कैसे लिखी जाती है, वह क्यों लिखी जानी चाहिए...जैसे उपदेश भी पढ़ने में आये, लेकिन कहानी नहीं।

लेकिन इसे अगर उपदेश न समझा जाये, तब यह मानने कोई भ्रम नहीं होना चाहिए कि कहानी मूलतः एक झूठ है और उसे गढ़ना पड़ता है। वह हैंडमेड चीज़ है। स्मृति और कल्पना उसके मुख्य तत्त्व हैं और भाषा उसका मुख्य आयुध। इन शर्तों पर जब हम 'लल्लनटॉप कहानी कॉम्पिटिशन' में आयीं कहानियाँ पढ़ रहे थे, तब यह कहते हुए अफ़सोस होता है कि हमें बहुत निर्मम होने की ज़रूरत नहीं पड़ी। ऐसा इसलिए हुआ क्योंकि बहुत निर्ममता शायद हमें 'न चुनने की क्रूरता' में ले जाती।

तब कम निर्मम होकर हमने क़रीब 500 कहानियों में से शुरू में कुल 36 कहानियाँ चुनीं। इसके बाद थोड़ा निर्मम होकर इनमें से 20 कहानियाँ और हटायीं और इसके बाद बची 16 कहानियों में से थोड़ा और निर्मम होकर एक कहानी को एक लाख रुपये और बाकी 15 को पाँच–पाँच हज़ार रुपये के पुरस्कार से नवाजने का फ़ैसला किया। इन सब कहानियों को, जैसा कि वादा था, हम किताब की शक्ल में प्रकाशित भी कर रहे हैं। किताब में शामिल होने से पहले प्रत्येक विजेता कहानीकार को यह अवसर भी दिया गया कि वह अपनी कहानी में अन्तिम रूप से जैसा चाहे वैसा सुधार या बदलाव कर सके।

बात करें कहानियों की तो कैफ़ी हाशमी की कहानी 'टमाटर होता है फल' बाकी कहानियों से इसलिए अलग और प्रथम पुरस्कार के योग्य हो पायी क्योंकि उसमें मौजूद कल्पनाशीलता, एक कलाकार का संघर्ष, नैतिकता और छद्म, व्यावसायिक और वक़्ती दबावों के दृश्य उसे अपने कहानीपन में बाकी कहानियों से अलग ले गये। इस कहानी में उपस्थित समकालीन हालात का राजनीतिक विमर्श भी इसे एक बड़े कैनवास की कहानी बनाता है।

बाकी कहानियों में अंजलि काजल की कहानी 'अख़बार' मीडिया

समाज को कैसे नये सन्दर्भों में प्रभावित कर रहा है, इसका कथापरक बयान है।

आकाश कुमार की 'आदमी जो बादल बन गया' और विभव देव शुक्ल की 'दस से पाँच की नौकरी' लगभग एक ही अनुभव को अलग–अलग ढंग से पेश करती हैं। दीपांकर, देवपालिक कुमार गुप्त, राम अधीन विश्वकर्मा और प्रणय पाठक की कहानियों में अपने गाँव–कस्बे और बचपन की कसक, यादें और तजुर्बे हैं।

सविता पाण्डेय की कहानी 'लाइफ़ बोले तो' प्यार के नये चलन की तहें एक बौद्धिक विन्यास में खोलने की कोशिश करती है। आर्य भारत की कहानी 'अवनि सेंट यू अ फ्रेंड रिक्वेस्ट' भी लगभग यही काम करती है, लेकिन इसके लिए उसके पास अपने कोट्स हैं। तो वहीं पूनम अरोड़ा, अनुराग आनन्द और कुन्दन सीमी की कहानियाँ प्रेम की पुरानी रूमानियत में खोयी हुई हैं। आनन्द विजय दुबे की कहानी 'हैप्पी एंडिंग' में भी प्यार की नयी परतें और आयाम देखे–पाये जा सकते हैं। वहीं ज्योति और अभिनव ने बदनाम औरतों की दमदार कहानी लिखी है।

कुल मिलाकर अपने मूल प्रभाव में इन कहानियों के लेखक हिन्दी कहानी के उस तन्त्र से भिन्न हैं जो दृश्य पर बुरे अर्थों में क़ाबिज हैं। इसलिए ही शायद इस चयन में कहानीकार नहीं कहानियाँ पढ़ने को मिलेंगी। इस सन्दर्भ में और स्पष्टीकरण आत्मप्रशंसा में ले जायेगा। इसलिए इससे बचते हुए आख़िर में बस इतना ही कि ये कहानियाँ जैसी हम चुन पाये हैं, अब आपके सामने हैं। आप इन्हें कम निर्ममता से नहीं पूरी निर्ममता से पढ़ें और इन कहानीकारों की हौसलाअफ़जाई करें।

# अनुक्रम

# टमाटर होता है फल

●

कैफ़ी हाशमी

वह एक बन्द कमरे में रहता था। चित्रकार था। अपनी सारी पेंटिंग्स में आग लगाने से पहले तक उस चित्रकार के बारे में सभी को यह लगता था कि वह सामान्य व्यक्ति नहीं है। हालाँकि उसने कभी किसी से नहीं कहा कि उसकी पेंटिंग्स अलादीन के चिराग़ की तरह जादुई हैं। लेकिन वह जो कुछ भी बनाता था, उसका बन कुछ और जाता था। यह बात उतनी सीधी नहीं है, जितनी सरलता से बताई जा रही है और जितनी लापरवाही से आप इसे समझ रहे हैं।

दिल्ली, कला और साहित्य की दृष्टि से एक मुकम्मल शहर है। शायद यही सोचकर चित्रकार महोदय मुम्बई की सरकारी नौकरी छोड़कर दिल्ली आ बसे थे। प्राइवेट स्कूल में आर्ट टीचर की नौकरी, किराये का फ़्लैट, शाम को पत्नी के साथ जाकर आर्ट गैलरी में चित्र–प्रदर्शनियाँ देखना, कुल मिलाकर चित्रकार की ज़िन्दगी अच्छी कट रही थी। चूँकि चित्रकार को एक–न–एक दिन अपनी सारी पेंटिंग्स में आग लगानी थी, इसलिए यह ज़रूरी था कि शोक और अवसाद उसकी ज़िन्दगी में तारी हो जाये।

दिसम्बर की एक ठण्डी शाम में जब कँपा देने वाली सर्दी दाँतों को सुन्न कर रही थी। चित्रकार महोदय एक कुत्ते का बच्चा घर ले आये। पत्नी को कुत्ते के बच्चे से तो प्यार था, लेकिन उस नाम से नहीं जो चित्रकार महोदय ने उस कुत्ते के बच्चे को दिया था।

"फुईफुई...यह भी कोई नाम है?"

"हाँ, इतना अच्छा तो है...फुईफुई।"

"तुम यह अच्छे से जानते हो कि यह नाम मेरी सौतेली माँ ने मुझे बचपन में चिढ़ाने के लिए रखा था और मुझे यह नाम बिल्कुल पसन्द नहीं।"

पत्नी की फुईफुई के नाम के साथ न भुला देने वाली यादें जुड़ी थीं और चित्रकार, जैसा कि सबको लगता कि एक सामान्य व्यक्ति नहीं है। वह अब सिर्फ़ दो कमरे के फ़्लैट, सफ़ेद कैनवास और फुईफुई के साथ रंगों की तिलिस्मी गन्ध से अपनी उदास शामों को महका रहा था।

यह बात सच है कि चित्रकार ने पत्नी को रोकने की कोशिश नहीं की पर इसका यह मतलब नहीं था कि वह अपनी पत्नी से प्यार नहीं करता था। पत्नी से प्यार का आलम यह था कि सामने वाले फ़्लैट की तलाक़शुदा महिला में चित्रकार वह फुईफुई ढूँढ़ने लगा था, जिसे बचपन में चिढ़ाने के लिए सौतेली माँ ने कुत्ते के बच्चे का नाम दे दिया था।

स्कूल ख़त्म होने के बाद दोपहर की झपकी और चाय की चुस्कियाँ लेते हुए चित्रकार ने कई बार कहा, "तुम्हारे होंठ मुझे लाल शहतूत की तरह लगते हैं, जिन्हें काले रंग से रंग दिया जाना चाहिए।"

इसके बाद तलाक़शुदा महिला अपने बच्चों को कुछ खुल्ले पैसे देकर बाहर भेज देती है। बच्चों के वापस लौटने से पहले जब चित्रकार अपने फ़्लैट में घुसता, तब उसके होंठ काले रंग से पुते होते जो लगातार घर्षण या फिर शायद खींच–तान से हल्के पड़ जाते थे।

इस बात में कोई सन्देह नहीं है कि चित्रकार तलाक़शुदा महिला से प्यार नहीं करता था। यह बस रंगों की तिलिस्मी गन्ध से उदास शामों के खालीपन को भरने की कोशिश थी। चित्रकार इस बात से अनजान था कि रंगों की तिलिस्मी गन्ध उसके भीतर के खालीपन को और भी ज़्यादा बढ़ा रही है। इस खालीपन को पत्नी की उपस्थिति से ही भरा जा सकता था। सम्भवतः इसीलिए चित्रकार ने कैनवास को अपनी बालकनी में रखा और रंगों से सराबोर एक ऐसी कलाकृति बनाने लगा जो हूबहू उसकी पत्नी से मिलती थी।

इस पूरे घटनाक्रम में फुईफुई ध्यान से चित्रकार को चित्रकारी करते देखता रहता और एक अच्छे सहयोगी की तरह चित्रकारी की सारी आवश्यकताओं को पूरा करता। फुईफुई जानता था कि चित्रकार के लाल शहतूत को काला बनाने के दौरान उसे घर को पूरी सुरक्षा प्रदान करनी है, दूध को बिल्ली से बचाना है, रंगों को चूहों की होली से बचाना है और कैनवास को पत्नी के गुस्से से बचाना है।

वह दिन तेज़ आँधी और बारिश का दिन था। रंग, ब्रश, कलर–प्लेट और चाय के कप के अन्दर रखने के बाद चित्रकार ने जैसे ही कैनवास को अन्दर रखना चाहा, पत्नी ने अन्दर जाने से साफ़ मना कर दिया। चित्रकार फुईफुई का नाम न बदलने की ज़िद करके पछता रहा था, वह अब और पछताना नहीं चाहता था। चित्रकार ने पत्नी की कलाकृति को ध्यान से देखा, जिसे पूरा होने में दो दिन की कमरतोड़ मेहनत की ज़रूरत थी और बुझे हुए मन से गुनगुनाने लगा :

"टमाटर होता है फल सब्ज़ी, न समझना
अपनी ज़िद को जान मेरी मर्ज़ी न समझना।"

बिस्तर पर लेटने के बाद चित्रकार लगातार यह सोचता रहा कि क्यों उसने वे पंक्तियाँ गुनगुनाईं जिनका न तो कोई अर्थ था, न लय और न ही कोई पूर्वापर सम्बन्ध। इसी उधेड़बुन में चित्रकार की आँख लग गयी और उसने एक अजीब सपना देखा। इस सपने में चित्रकार लगातार रंगों की तिलिस्मी गन्ध और उदास शामों के खालीपन का तीव्र अनुभव कर रहा था।

चित्रकार ने सपने में देखा कि पत्नी कैनवास से बाहर आ गयी है। तलाक़शुदा महिला के साथ पत्नी उसी कुर्सी पर बैठी है, जिस पर बैठकर वह दोपहर की झपकी के बाद चाय की चुस्कियाँ लेता है। चीनी की चाय के सेट के बराबर में काले शहतूत बड़ी साफ़गोई से रखे हुए हैं। पत्नी एक शहतूत उठाती है और तलाक़शुदा महिला के मुँह में डालती है। हर एक शहतूत खाने के बाद तलाक़शुदा महिला पहले से भी अधिक सुन्दर होती जा रही है। उसकी लगातार बढ़ती सुन्दरता से कमरे का एक–एक अंग दीप्तिमान होता जा रहा है।

जब तक सारे शहतूत ख़त्म हुए, तब तक तलाक़शुदा महिला

दुनिया की सबसे सुन्दर औरत बन चुकी थी। तभी अचानक पत्नी ने तलाक़शुदा महिला के मुँह पर नाख़ूनों से वार कर दिया और तलाक़शुदा महिला दुनिया की सबसे बदसूरत महिला बन गयी। लहूलुहान हो चुके चेहरे से जब तलाक़शुदा महिला ने हाथ हटाया तो सफ़ेद बालों से ढँके चौपाये को देख तेज़ी से चिल्ला उठी, ''फुईईईईई... फुईईईईई...''

पत्नी फुईफुई में बदल चुकी थी।

आश्चर्य था कि सुबह जब चित्रकार उठा तो उसे पूरा सपना याद था। वह हड़बड़ाकर बालकनी की तरफ़ भागा। कैनवास देखते ही उसके होश फ़ाख़्ता हो गये। पेंटिंग पूरी तरह तैयार थी। पेंटिंग में एक ऐसी महिला का चित्र था जिसे घण्टों निहारा जा सकता था, जिससे लहूलुहान चेहरे के अनेक मतलब निकाले जा सकते थे और जिसकी डबडबाई आँखों में ख़ुद के दर्द को ढूँढ़ा जा सकता था।

यह पेंटिंग एक मास्टरपीस थी।

इस पेंटिंग में एक ऐसा तीखा आकर्षण था कि गली से जो कोई भी गुज़रता, वह सिर ऊपर उठाकर इसे देखे बिना नहीं रह पाता। शाम तक चित्रकार का फ़्लैट शहर भर के अनजान लोगों से भर चुका था जो कला के क़द्रदान थे और चित्रकार की सृजनशीलता से अति उत्साहित थे। तलाक़शुदा महिला कला के इन क़द्रदानों को उछल–उछलकर नीबू–पानी पिला रही थी और धीमी आवाज़ में सबसे कहती, ''देखो तो, पेंटिंग की यह औरत कितनी बदसूरत है... हाहाहाहह... लेकिन फिर भी मैंने ऐसी कलाकृति आज तक नहीं देखी।''

यह घोर निराशा का दिन था जिसकी तीक्ष्णता को सिर्फ़ चित्रकार और फुईफुई ही महसूस कर पा रहे थे। अगले दिन तक सब कुछ सामान्य हो गया। चित्रकार अपनी प्रसिद्धि, पेंटिंग की महानता और फुइफुई की निर्दोषता को स्वीकार कर चुका था। वह फिर से महान पेंटिंग बनाने की महत्त्वाकांक्षा में जुट गया।

कला के इन क़द्रदानों में एक मिस्टर सबरवाल थे जिनके थुल–थुल पेट और रेशमी जनाना बालों में लगभग एक–सी थिरकन थी। मिस्टर सबरवाल मोटर पार्ट्स के व्यापारी थे जिनकी कला में

मनचली किस्म की दिलचस्पी थी। लन्दन से लेकर न्यूयॉर्क और न्यूयॉर्क से लेकर दिल्ली तक में उन्होंने अपने आर्ट सेंटर्स खोल रखे थे। इन दिनों वह न्यूयॉर्क की कम्पनी के साथ साझा व्यापार कर रहे थे। इस कम्पनी से उन्हें एक ऐसी पेंटिंग बनवाने का काम मिला था जिसके जरिए लोगों में देशभक्ति की भावना जाग्रत की जा सके। मिस्टर सबरवाल अपने थुल–थुल पिचकाकर बोले, "देखो साईं, हम तुमको यह काम सौंप रहा है जिसको तुम ट्वेंटीज डेज के अन्दर फिनिश कर डालो।"

इस बार मिस्टर सबरवाल अपना मुँह चित्रकार के कान के पास ले जाकर बोले, "किसी को कहना मत यंग बॉय, यह पेंटिंग वहाँ की ऑपोजिशन पार्टी ने इलेक्शन के लिए मँगवाई है... तुम हिस्ट्री चेंज करने वाला है।"

इसके बाद मिस्टर सबरवाल ने अपने रेशमी जनाना बालों में हाथ फिराकर कोमलता का जायज़ा लिया और चित्रकार की वार्षिक आय से पाँच गुना ज़्यादा का चेक चित्रकार की चेक शर्ट की एकमात्र जेब में डाल दिया।

देशभक्ति के नाम पर चित्रकार को सिर्फ़ अपने पिताजी याद आते थे। पिताजी सेना से कर्नल रिटायर हुए थे। निहायत ही नफ़ासत पसन्द, अनुशासन प्रिय और सिद्धान्तवादी इनसान जिससे चित्रकार की कभी नहीं बनी। चित्रकार को इस बात का कभी अफ़सोस नहीं हुआ कि उसने अपने पिता से हमेशा बदतमीज़ी की है, क्योंकि वह जानता था कि बाप–बेटे में अनबन सृष्टि का वैसा ही शाश्वत सत्य है, जैसा कि मृत्यु।

शुरू के दो दिन तो चित्रकार ने यही सोचने में बिता दिये कि आख़िर वह ऐसा क्या बनाये जिसे देखकर लोगों के अन्तस में देशभक्ति की भावना गर्म पराँठे पर मक्खन की तरह पिघलने लग जाये। अन्त में वह इस निष्कर्ष पर पहुँचा कि पिताजी को आदर्श मानकर वह एक फ़ौजी का चित्र बनायेगा। फ़ौजी के पीछे कँटीली तारों की एक सरहद होगी जिसके पीछे सपाट बीहड़ रेगिस्तान, फ़ौजी के कन्धों पर बच्चे, बूढ़े, औरतें और देश के अन्य नागरिक बैठे होंगे। फ़ौजी एक ऐसी

मुस्कान से पुलकित होगा जिससे देश का गौरव और अभिमान झलके।

चित्रकार अपनी इस नयी कलाकृति के सृजन के लिए इतना उत्साहित था कि वह भूल गया कि उसके आस–पास रंगों की तिलिस्मी गन्ध और उदास शामों का खालीपन अपना बसेरा बना चुका है। फुईफुई का दोस्ताना स्वभाव और तलाक़शुदा महिला का चित्रकार की दुनिया में असाधारण अधिकार सौम्यता से स्वीकार किया जा सकता था। चित्रकार ने भयानक महिला की पेंटिंग अख़बारों से ढककर स्टोर रूम में रख दी और एक नया कैनवास बालकनी में ले गया।

यह उन्नीसवाँ दिन था। थुल–थुल पेट और रेशमी जनाना बालों वाले मिस्टर सबरवाल निश्चय ही बीसवें दिन पहुँच जायेंगे। यह बात चित्रकार अच्छी तरह से जानता था, इसलिए वह दोगुनी रफ़्तार से काम कर रहा था। पेंटिंग लगभग पूरी हो चुकी थी। इस पेंटिंग को बनाने में चित्रकार ने अपना सर्वश्रेष्ठ देने की पूरी कोशिश की थी। केवल मुस्कान को बनाने में ही, माफ़ कीजिएगा गौरव और अभिमान से परिपूर्ण मुस्कान को बनाने में ही चित्रकार को तीन दिन लग गये थे। चित्रकार इस पेंटिंग को बनाने में इतना तन्मय हो चुका था कि वह लाल शहतूत को काला करने का काम फुईफुई से करवाने लगा था। फुईफुई एक सच्चे स्वामी–भक्त की तरह इस काम को भी उतनी ही कुशलता से करता, जितना चित्रकार स्वयं कर सकता था। लाल शहतूत को काला बनाने के बाद फुईफुई जब फ़्लैट में वापस लौटता, तब उसके मुँह को काले रंग से पुता देख कहीं उसका स्वामी ग्लानि से न भर जाये, इसलिए वह तुरन्त बाथरूम में जाकर बाल्टी में मुँह घुसाकर अपना चेहरा साफ़ कर लेता।

चित्रकार पर पेंटिंग बनाने की धुन इस क़दर सवार थी कि फुईफुई की क्रियाओं की उसे बिल्कुल भी भनक नहीं लग पाती और न ही कभी वह यह जानने की चेष्टा करता कि हर सुबह बाल्टी में रखा पानी लाल और काले के मध्यवर्ती रंग मेहरून–सा क्यों दिखता है?

हाँ, तो जैसा कि आप जानते हैं यह उन्नीसवाँ दिन था। और पेंटिंग लगभग पूरी हो चुकी थी, अब समय था कि चित्रकार के पिता अपने बायें हाथ में देश का राष्ट्रीय फूल पकड़ें, लेकिन चित्रकार के

पिता ने साफ़ इनकार कर दिया। वास्तव में पिता के पैंसठ साल के जीवन में, जिसमें उन्होने केवल मर्दानगी भरे कार्य ही किये थे, यह कैसे मुमकिन था कि वह जीवन की सारी शानो–शौकत को एक फूल पकड़कर मिट्टी में मिल जाने देते?

यह दूसरी बार था जब चित्रकार को उसकी अपनी ही पेंटिंग ने न कहा था। चित्रकार ने अनुभव किया कि रंगों की तिलिस्मी गन्ध और उदास शामों का खालीपन उसके शरीर के रोम–छिद्रों को बन्द कर रहा है। चित्रकार बौखला उठा, इससे पहले कि वह कुछ कहता पिता ने दो टूक जवाब देकर मुँह फेर लिया, "तुम्हें पेंटिंग बनानी ही नहीं आती।"

चित्रकार कुछ नहीं बोला। वह बोल ही क्या सकता था! अपनी बौखलाहट और बन्द होते रोम–छिद्रों से युद्ध करने से अधिक सुखद उसे सोना लगा। इस बार भी उसने एक अजीब सपना देखा, उन्नीस दिनों से पेंटिंग में खड़े पिता अपने शरीर से आने वाली बदबू और त्वचा की ख़ुश्क कर देने वाली खुजलाहट से परेशान होकर पेंटिंग से बाहर निकल आये हैं। वह नहाने के लिए बाथरूम ढूँढ़ने लगे हैं। तपते बीहड़ रेगिस्तान की गर्मी से इस क़दर खीझ चुके थे कि बिना ड्रेस उतारे ही बाल्टी में रखे पानी को जल्दी–जल्दी अपने शरीर पर डालने लगे। हड़बड़ाहट में तीन–चार जग अपने शरीर पर डालने के बाद जब उन्हें थोड़ा सुकून मिला, तब उन्हें एहसास हुआ कि उनकी ड्रेस चिपचिपे तरल पदार्थ से भारी हो रही है। पिताजी ने तुरन्त बाल्टी में देखा, मेहरून पानी में उन्हें एक आकृति नज़र आयी जिसे देखकर ग़ुस्से से केवल वह इतना ही बोल पाये, "फुईईईईईईई ...फुईईईईईईई..."

चित्रकार सुबह उठते ही बालकनी की तरफ़ गया। कल रात देखे सपने ने उसे इस बात की समझ दे दी थी कि कुछ ऐसा होने वाला है जिसे नहीं होना चाहिए। बालकनी में फुईफुई निष्कपट भाव से अपनी पूँछ हिला रहा था। चित्रकार ने एक नज़र पेंटिंग की तरफ़ देखा। यह नज़ारा दिल दहला देने वाला था। पेंटिंग में पिताजी बनियान और कच्छा पहने खड़े थे। एक हाथ में बन्दूक थीं और दूसरे

में राष्ट्रीय फूल। पिता की सुर्ख़ लाल ड्रेस कँटीली सरहद पर सूख रही थी, जिसमें से मेहरून रंग का तरल टपक रहा था। चित्रकार पेंटिंग के बिगड़े हुए स्वरूप से अधिक इस बात से आश्चर्यचकित था कि पिताजी ने आख़िर फूल पकड़ कैसे लिया और नंगा होते हुए भी एक फ़ौजी अभिमान और गर्व से सजी–धजी मुस्कान को कैसे बनाये रख सकता है?

यह दिन अपने आपको वैसे ही दोहरा रहा था, जैसे भयानक महिला वाली पेंटिंग के तैयार हो जाने के बाद अगला दिन गुज़रा था। चारों तरफ़ पेंटिंग की ही चर्चा थी। शाम तक सारा मजमा चित्रकार के फ़्लैट पर इकट्ठा हो गया। तलाक़शुदा महिला उस दिन की तरह ही सबको उछल–उछलकर नीबू–पानी पिला रही थी और धीरे से सबको कहती जा रही थी, "देखो तो फ़ौजी की हालत को... हाहाहाहा... हाहाहाहा... यह एक नम्बर का कार्टून लग रहा है।"

फ़्लैट पर इकट्ठा हुए मेहमानों की सामूहिक सहमति इस बात पर पहुँची थी कि इस पेंटिंग का सौन्दर्यशास्त्रीय महत्त्व भले ही बहुत ज़्यादा हो, लेकिन यह पेंटिंग किसी भी देश में तहलका मचा सकती है। मिस्टर सबरवाल चित्रकार की करतूत से खासा नाराज़ थे, हालाँकि उन्हें अभी भी यह समझ में नहीं आ रहा था कि उन्हें फ़ौजी की निर्लज्जता पर नाराज़ होना चाहिए या चित्रकार की।

पेंटिंग अख़बारों से ढककर स्टोर रूम में रख दी गयी। चेक वापस ले लिया गया। रंगों की तिलिस्मी गन्ध और उदास शामों के खालीपन से ग्रसित चित्रकार ने फुईफुई के साथ अपने आपको तीन महीने के लिए फ़्लैट में बन्द कर लिया। इस बीच चित्रकार ने दो और पेंटिंग बनायीं जिसका परिणाम कुछ इस प्रकार रहा। सबसे पहले चित्रकार ने एक स्तनपान करते बच्चे की तस्वीर बनायी जो पेंटिंग पूरी होने के अन्तिम दिन राक्षस में बदल गया। पेंटिंग के अन्दर यह राक्षस अपनी ही माँ को खा रहा था। दूसरी पेंटिंग आत्महत्या कर रहे युवक की थी जो हिमालय के ग्लेशियर पर खड़ा था और कूदने की तैयारी कर रहा था, लेकिन ग्लोबल वार्मिंग की वजह से ग्लेशियर पिघल गया। दुर्भाग्य से युवक को तैरना भी आता था। वस्तुतः पेंटिंग के अन्तिम

स्वरूप में वह युवक विशाल समुद्र में तैर रहा था और बीच पर खड़ी चीयर लीडर्स अपनी कामुक अदाओं से उसका उत्साह बढ़ा रही थीं।

तीन महीने बाद चित्रकार अपने फ़्लैट से बाहर निकला। उसकी आँखें लाल थीं जो अन्दर की तरफ़ धँस चुकी थीं, बढ़ी हुई दाढ़ी और उलझे–बिखरे बालों में जुएँ परम आनन्द प्राप्त कर रही थीं। चित्रकार इस बात को अच्छी तरह समझ चुका था कि पेंटिंग पर उसका कोई नियन्त्रण नहीं है। पेंटिंग ख़ुद को वैसा ही बनाती है, जैसा उसको बनना होता है या फिर जैसा कि फुईफुई और रात को आने वाले सपने चाहते हैं।

चित्रकार इस बात को भी समझता था कि उसके द्वारा बनायी जाने वाली पेंटिंग की करिश्माई आदतें उसकी ज़िन्दगी तबाह कर रही हैं। सम्भवतः इसलिए उसने अपने रंगों की तिलिस्मी गन्ध और उदास शामों के खालीपन की अनदेखी करनी शुरू कर दी थी। चित्रकार भूल गया कि वह एक चित्रकार है। उसने फिर से स्कूल जाना शुरू कर दिया। लाल शहतूत को काला करने में उसकी कोई दिलचस्पी नहीं रह गयी थी। इससे भी आगे बढ़कर उसने फुईफुई का भी तलाक़शुदा महिला के घर जाना बन्द करवा दिया। दोपहर की झपकी के बाद बालकनी में बैठकर चाय की चुस्कियाँ लेते हुए चित्रकार अपने पुराने दिनों को याद करता, जब वह पत्नी के साथ अपने बुढ़ापे की कल्पना किया करता था। इन्हीं शामों में वह फुईफुई को अपनी पत्नी मान घण्टों बातें करता रहता। चित्रकार ने सामान्य होने का पूरा प्रयास किया और अगर नमक–मिर्च लगाकर न कहा जाये तो चित्रकार सामान्य हो ही गया था।

एक मशहूर पुरानी कहावत है, ''हम सब अपनी नियति में बँधे होते हैं।'' शायद इसी कहावत को सच साबित करने के लिए मिस्टर सबरवाल ने चित्रकार को फ़ोन किया, ''देखो साईं, हम अच्छे से जानता है कि तुम एक अच्छा चित्रकार है। यंग बॉय, ब्रिटिश काउंसिल ऑफ आर्कीयोलॉजिकल रिसर्च से बड़ा प्रोजेक्ट हाथ लगा है जिसको तुम ही पूरा करेगा। इंग्लैंड के नेशनल म्यूजियम के लिए हमको एक पेंटिंग माँगता जिसमें मुग़ल बादशाह औरंगज़ेब की कट्टरता झलकनी

चाहिए।'' इतना सुनने के बाद चित्रकार को रिसीवर रखने की आवाज़ आयी।

चित्रकार को जैसे किसी ने गहरी नींद से उठा दिया हो, वह पागल हो उठा। बड़ी मुश्किल से उसने स्वयं को यह विश्वास दिलाया था कि वह चित्रकार नहीं है, उतनी ही मुश्किल से उसने रंगों की तिलिस्मी गन्ध और उदास शामों के खालीपन को बेवकूफ़ बनाना शुरू किया था और अब फिर से वही सब? चित्रकार ने सोच लिया कि मिस्टर सबरवाल को गुस्से से भरी न कहने का वक़्त आ गया है कि तभी सहसा उसके मन में एक ख़याल आया। यह एक शैतानी ख़याल था। क्यों न इस बार एक प्रयोग किया जाये। चित्रकार शैतानी मुस्कान के साथ बड़बड़ाया। चित्रकार ने इतिहास की थोड़ी–बहुत काट–छाँट की और पेंटिंग बनाने में जुट गया। इस बार उसके दिमाग़ में कुछ और ही चल रहा था। उसने पेंटिंग को कुछ इस तरह बनाने के बारे में सोचा कि वह यथार्थ के बिल्कुल विलोम हो। वास्तव में उसे पूरा विश्वास था कि पेंटिंग तैयार होने के अन्तिम दिन फुईफुई और स्वप्न अपना काम कर जायेंगे और पेंटिंग वैसी बन जायेगी, जैसी वह चाहता है।

अपनी ही पेंटिंग को धोखा देने के अहंकार ने चित्रकार को आत्मविश्वास से भर दिया। वह अपने जीवन की सबसे महान पेंटिंग न सही, लेकिन सबसे दुर्लभ पेंटिंग ज़रूर बनाने जा रहा था। चित्रकार ने इस पेंटिंग में एक तरफ़ मन्दिर और एक तरफ़ मस्जिद बनायी जिसके बीच में बैठा बूढ़ा औरंगज़ेब टोपियाँ–सी रहा था। मन्दिर और मस्जिद के बीच में एक दिया जल रहा था जिसकी लौ कैनवास के चारों खाने रोशन कर रही थी ताकि टोपी सीने के लिए पर्याप्त रोशनी का इन्तज़ाम हो सके। सिली हुई टोपियों का एक अम्बार लगा था जो एक कोण से देखने पर हिन्दुस्तान का नक्शा तो दूसरे कोण से देखने पर लाल किला प्रतीत होती थी।

पेंटिंग को पूरा करने में तीस दिन लग गये। चित्रकार बहुत ख़ुश था। उसे यक़ीन था कि कल जब मिस्टर सबरवाल पेंटिंग लेने आयेंगे, तब वह पेंटिंग को देखकर इतना ख़ुश होंगे कि उनका थुल–थुल पेट

बेली डांस की तरह थिरकने लगेगा, जिस पर उड़ते रेशमी जनाना बाल किसी सौगात से कम नहीं लगेंगे।

आज रात आने वाले स्वप्न को लेकर चित्रकार ने अनेक कल्पनाएँ की थीं। उसे लगा था कि आज रात ऐसा सपना आने वाला है जिसमें औरंगज़ेब अपनी टोपियाँ बेचने के लिए पेंटिंग से बाहर आ जायेगा। टोपियाँ बेचने के लिए जब वह दुकान सजा रहा होगा, तब फुईफुई चुपके से आकर टोपियों पर मूत देगा। फुईफुई के पेशाब से टोपियाँ तलवार में बदल जायेंगी। फुईफुई की इस हरकत से गुस्सा होकर औरंगज़ेब उसी तलवार से पेंटिंग के मन्दिर गिरा देगा और बची हुई पाक टोपियाँ खण्डहर हो चुके मन्दिर को पहना देगा। अपनी इन कल्पनाओं से वह इतना अधिक रोमांचित था कि बिस्तर पर लेटते ही उसकी आँख लग गयी।

कई बार कहानियाँ दार्शनिक अन्त चाहती हैं और जीवन का एक दार्शनिक–सा सिद्धान्त भी है कि जब हम किसी चीज़ की इच्छा नहीं करते, तब वह चीज़ हर समय हमें अपनाने के लिए आतुर रहती है। लेकिन वही चीज़ जब हमारी इच्छाओं में सबसे पहले दर्ज होती है, तब उसका न तो कोई अता होता है और न ही कुछ पता।

अगले दिन जब चित्रकार उठा तो उसने उठते ही अपनी सारी पेंटिंग्स में आग लगा दी। कल रात न तो कोई सपना आया था और न ही फुईफुई ने अपने मालिक की कल्पनाओं के अनुरूप शहतूत का क़र्ज़ अदा किया था। सुबह से दोपहर हुई और फिर दोपहर से शाम, जलती हुई पेंटिंग्स का धुआँ अपने साथ रंगों की तिलिस्मी गन्ध और उदास शामों का खालीपन लेकर ऊपर उठ रहा था। चित्रकार और फुईफुई आग की उठती लपटों के बीच से निकलते धुएँ को इत्मीनान से देख रहे थे।

# अख़बार

अंजली काजल

मेरी सहेली जब भी मेरे घर आती, मम्मी अकसर अख़बार पढ़ती नज़र आतीं। एक दिन मेरी सहेली ने आह भरकर कहा था, "कम–से–कम तुम्हारी मम्मी अख़बार तो पढ़ लेती हैं।"

मुझे यह अच्छा लगा था।

मम्मी कम–से–कम पाँचवी कक्षा तक स्कूल गयी थीं, जबकि उस बस्ती में मेरी सारी सहेलियों की माँए कभी स्कूल भी नहीं गयी थीं।

अख़बार पढ़ना मम्मी की दिनचर्या का ज़रूरी हिस्सा था जिसे वह कभी भूलती नहीं थीं। मम्मी सुबह जल्दी उठकर खाना बनातीं, दोनों बच्चों को स्कूल भेजतीं, पापा का नाश्ता और दोपहर का खाना बनाकर देतीं। हम सबके चले जाने के बाद अपने लिए चाय बनातीं और बाहर रखे तख़्तपोश पर आराम से चाय पीते हुए अख़बार पढ़तीं।

बचपन में जब मेरी दादी ज़िन्दा थीं, कई बार वह माँ को उसकी इस आदत के लिए झिड़की देतीं। वह चाहती थीं कि मम्मी पहले घर की साफ़–सफ़ाई करें, नहा–धोकर फिर खाली समय में अख़बार पढ़ा करें।

माँ दादी की इस झिड़की पर हँसकर कहा करतीं, "माँ! काम भी कर लूँगी। ज़रा दम मार लूँ।"

पापा अपने लिए अंग्रेज़ी अख़बार लेते थे, पर मम्मी के लिए उन्होंने हिन्दी का अख़बार लगवा रखा था।

पापा हमेशा चाहते थे कि मम्मी अपने आस–पास घटित हो रही

घटनाओं को लेकर सजग रहें।

घर में सब कुछ ठीक ही चल रहा था। मैंने अपनी बस्ती के ही सरकारी स्कूल से दसवीं कक्षा पास कर ली थी। इस साल मुझे भी कॉलेज जाना शुरू करना था। दिक्कत यह थी कि मेरा दाख़िला जिस कॉलेज में हो पाया था, वह बस्ती से काफ़ी दूर था। डाकखाने में क्लर्क की नौकरी कर रहे पापा, मेरी पढ़ाई उसी कॉलेज में करवाना चाहते थे। मम्मी कई बार कह चुकी थीं, "इतनी दूर कैसे जायेगी?" पर पापा निर्णय ले चुके थे।

वे गर्मियों की लम्बी और नीरस दुपहरों के दिन थे, जब मैंने कॉलेज जाना शुरू किया था। अभी कुछ ही दिन हुए थे मुझे कॉलेज जाते। बस्ती की कोई एक–दो लड़कियाँ ही उस कॉलेज में पढ़ने जाती थीं। वे सब लड़कियाँ साइकिल से जाती थीं। मम्मी को मेरी चिन्ता लगी रहती–जब तक मैं घर ना आ जाती।

उन्हीं दिनों माँ के व्यवहार में अजीब से बदलाव आने शुरू हुए। सबसे पहले शायद पापा ने ही इस बात पर ध्यान दिया था कि माँ का सोना कम होने लगा था। मेरा और मेरे भाई का ध्यान इस पर नहीं गया। धीरे–धीरे माँ का बात करना भी कम होने लगा। वह अपने ख़यालों में खोयी रहतीं। हर समय कुछ सोचती रहतीं। कई बार हम उन्हें पुकारते रहते और वह जवाब न देतीं, जैसे किसी की भी आवाज़ माँ को सुनाई नहीं दे रही थी। फिर जब थोड़ा ज़ोर से बोला जाता तो माँ का ध्यान टूटता और वह सुन पातीं। हम अपनी पढ़ाई में दिन भर व्यस्त रहते। माँ रोज़ के सारे काम नियम से करतीं, खाना बनातीं, पैक करके देतीं। घर की साफ़–सफ़ाई करतीं, कपड़े धुलतीं।

एक दिन मैं दोपहर में कॉलेज से लौटी और देखा कि पापा उस दिन दफ़्तर नहीं गये थे। माँ चुपचाप बैठी थीं। मैं मुँह–हाथ धोकर, कपड़े बदलकर माँ के पास आ बैठी। मैंने माँ से पूछा, "पापा आज दफ़्तर क्यों नहीं गये?" तो माँ जवाब में मुझे एकटक देखती रहीं और कोई जवाब नहीं दिया। मैंने सोचा कि हो सकता है मम्मी और पापा के बीच कुछ अनबन हुई होगी, कभी–कभार ऐसा होता था और फिर एकाध दिन में दोनों सामान्य हो जाते।

मैंने अपना खाना रसोई से लिया और खाने लगी। खाना ख़त्म करने के बाद मैं माँ के पास गयी और प्यार से पूछा, "माँ क्या हुआ?" मुझे धक्का–सा लगा जब माँ रोने लगीं। ऐसा बहुत कम होता था कि माँ रो दें। आख़िरी बार हमने माँ को नानी के इस दुनिया से चले जाने पर रोते देखा था। उस समय भी माँ कुछ ही दिन में सँभल गयी थीं।

मैंने घबराकर माँ से पूछा, "आख़िर हुआ क्या?" कुछ देर तक माँ कुछ नहीं बोल पायीं। उसके बाद माँ ने जब कहना शुरू किया तो उनकी आवाज़ में डर था, "तुम्हें बाहर नहीं निकलना चाहिए। बाहर की हवाओं में किसी ने ज़हर घोल दिया है, ये ऐसा ज़हर है जो साँसों के जरिए हमारे अन्दर जाता है और फिर हमारे ख़ून में मिल जाता है। फिर हम सोचना–समझना छोड़ देते हैं।"

मुझे कुछ समझ नहीं आ रहा था कि मम्मी आख़िर क्या बोल रही हैं। मेरे दिमाग़ में घमासान मच गया। इतने में पापा अन्दर आ गये। मैंने परेशान होकर पापा से पूछा, "माँ कैसी बातें कर रही हैं?" पापा कभी किसी परिस्थिति में घबराते नहीं थे। वह बोले, "कुछ नहीं, तुम्हारी मम्मी आजकल बहुत फालतू बातें सोचती रहती हैं।" फिर पापा ने माँ का हाथ पकड़ा और प्यार से बोले, "चलो, हम दोनों चाय पीते हैं। मैं चाय बनाऊँगा, आप नमकीन निकालिए।"

पापा माँ को हमेशा 'आप' कहकर सम्बोधित करते थे। वह लगभग रोज़ ही माँ के साथ रसोई के काम–काज में हाथ बँटाते थे। मैं समझ गयी पापा ने बात को टालने की कोशिश की थी। वह रात परेशानी में निकली। हम दोनों बच्चों को समझ नहीं आ रहा था कि आख़िर हुआ क्या था? पापा माँ को व्यस्त रखने की कोशिश करते। सब यही सोच रहे थे कि माँ दिन भर अकेली रहती थीं इसलिए परेशान रहती थीं। अगले दिन जब भैया और मैं कॉलेज जाने के लिए तैयार हो रहे थे, माँ की घबराहट अचानक बहुत बढ़ गयी। वह नहीं चाहती थीं कि बच्चे आज घर से बाहर जायें। हम दोनों ने छुट्टी कर ली। पर दूसरे दिन पापा ने हमें कॉलेज और स्कूल भेज ही दिया। पापा नहीं चाहते थे हमारी पढ़ाई ख़राब हो। ख़ुद पापा ने दफ़्तर से लम्बी छुट्टी ले ली। पापा माँ को डॉक्टर के पास भी ले

गये। मनोचिकित्सक ने माँ को नींद की दवायें दे दीं। इसके बावजूद माँ को रात भर नींद नहीं आती थी। अजीब बात थी कि माँ अभी भी उनके लिए खाना बनाती थीं और खाना हमेशा की तरह स्वादिष्ट होता था। कभी नमक–मिर्च भी इधर–उधर नहीं हुआ। इन सब कामों के साथ–साथ माँ का अख़बार पढ़ना भी जारी था।

''मैं पागल नहीं हूँ।'' माँ को जब डॉक्टर के पास ले जाया जाता, तब वह अकसर कहतीं। माँ तनाव की शिकार थीं। पर इसका कोई कारण हमें समझ नहीं आता था। माँ हर समय शक करतीं। उसे लगता कोई जासूस हमारे घर में रहता था जो छुपकर हमारी बातें सुनता था। कभी माँ को लगता था कि शहर में बम फटने वाला है। कई बार लगता कि कोई उनके बच्चों का अपहरण करने वाला था। एक दिन जब माँ सुबह से काफ़ी ठीक लग रही थीं, मैं माँ के पास जाकर उनके गले में बाँहें डालकर झूलने लगी। मैंने माँ से बड़े प्यार से पूछा कि वह कैसी हैं, तो माँ ने जवाब दिया, "मैं ठीक हूँ पर हम सबको सावधान रहना होगा। कोई हमारी बातें छुपकर सुन रहा है। हमारे पूरे घर में मशीनें फिट कर दी गयी हैं।''

मैं रोने लगी। मुझसे माँ की यह हालत और नहीं देखी जा रही थी। मैं पापा से इस बारे में बात करना चाहती थी। मुझे लगता था, जैसे पापा को माँ की बीमारी में बारे में कुछ और भी पता था जो हमें नहीं पता था। कुछ देर बाद मैं पापा के कमरे में गयी और पूछा, ''पापा! आख़िर माँ को हुआ क्या है? क्या ऐसा कभी पहले भी हुआ माँ के साथ?''

पापा ने लम्बी साँस ली, ''हाँ, तुम्हारी मम्मी एक बार पहले भी इसी तरह डिप्रेशन का शिकार हो चुकी है।'' पापा पुराने समय में पहुँच रहे थे। किसी ऐसे अँधेरे समय में, जीवन के ऐसे कोने में जहाँ हम दुबारा जाना पसन्द नहीं करते। पापा कहते गये, "तब तुम दो साल की थी। वह आतंकवाद का दौर था। अख़बार ख़ून से लथपथ लाशों की तस्वीरों से भरे रहते। चारों ओर दहशत का माहौल था। उन दिनों पहली बार तुम्हारी माँ को मैंने इस तरह डिप्रेशन का शिकार होते देखा था। हालाँकि हमारे शहर में हालात इतने बुरे नहीं थे। पर

दूसरे शहर की ख़बरें पढ़कर तुम्हारी मम्मी धीरे–धीरे डिप्रेशन में चली गयी थीं। एक बार तो वह तुम्हें लेकर घर से भाग गयी थीं और मैं पागलों की तरह तुम दोनों को गलियों में ढूँढ़ता फिरता रहा था।''

पापा चुप हो गये। मुझे समझ नहीं आ रहा था कि आख़िर मैं क्या कहूँ? मैं ख़ुद स्तब्ध थी।

मुझे याद आया कि माँ अकसर उस समय के हालात के बारे में बताया करती थीं। वह उन दिनों की ख़बरों के बारे में बात किया करती थीं। सब ख़बरें जो माँ ने अख़बार में उन दिनों पढ़ी थीं। चाहे वो चौरासी के दिल्ली के दंगे हों, चाहे दिल्ली में रंगा–बिल्ला अपराधियों द्वारा दो बच्चों के अपहरण की घटना, और फूलन देवी के आत्मसमर्पण की पूरी कहानी। माँ खासकर कुख्यात अपराधी रंगा–बिल्ला की उन दिनों अख़बार में छपी ख़बर याद करतीं, जिन्होंने दिल्ली के दो भाई–बहन बच्चों का अपहरण करके, उन्हें बुरी तरह मार दिया था। उन दोनों अपराधियों को फाँसी की सज़ा हुई थी। माँ इस तरह बताती थीं कि सुनने वाला बँधा हुआ–सा सुनता ही रह जाता। जैसे कोई कहानी पढ़ रहा हो या उस समय की घटनाओं पर बनी कोई फ़िल्म देख रहा हो। फूलन देवी पर हुए अत्याचार, उसका बदला और फिर उसके आत्मसमर्पण की कहानी तो माँ बताती थीं कि उन दिनों किसी अख़बार ने धारावाहिक छापी थी और माँ रोज़ अख़बार में पढ़ती थीं। माँ यह भी बताती थीं कि मैं उन दिनों माँ के पेट में थी। मैं अकसर यह भी सोचती कि माँ को कोई यह बताने वाला भी न था कि गर्भवती स्त्री को अच्छा और सकारात्मक सोचना और पढ़ना चाहिए?

इसका मतलब था इन सब घटनाओं ने माँ पर बहुत असर डाला था। उस दिन मैंने इन सब घटनाओं के घटने के समय और क्रम पर ध्यान दिया। ये घटनाएँ लगातार साल–दर–साल घटी थीं–ठीक माँ के अवसाद का शिकार होने से पहले। तो क्या वह पिछले समय में लौट गयी थीं? इतने साल पहले की घटनाएँ अचानक माँ की स्मृतियों में ज़िन्दा कैसे हो गयी थीं? अचानक मुझे एहसास हुआ कि माँ साधारण घरेलू औरत नहीं थीं बल्कि बेहद भावुक इनसान थीं–हम

सबसे ज़्यादा!

अगले दिन सुबह मैं कॉलेज नहीं गयी और घर के काम में माँ की मदद करती रही। माँ की आँखें खाली–खाली और चेहरा उदास था। जैसे ही अख़बार आया, माँ सब काम छोड़कर अख़बार पढ़ने बैठ गयीं। जैसे–जैसे वह अख़बार पढ़ती गयीं, उनकी आँखों में डर दिखने लगा।

उस दिन मैंने अख़बार उठाया और पहले से आख़िरी पेज तक पढ़ गयी। ऐसा नहीं था कि उस दिन अख़बार मैंने पहली बार पढ़ा था। पर उस दिन मैंने अख़बार का एक डरावना पक्ष देखा। मेरा दिमाग़ सुन्न–सा हो गया। लूटपाट, हत्या, बलात्कार, अपहरण, लड़कियों पर एसिड फेंकने के अलावा छोटी बच्चियों के साथ बलात्कार की ख़बरों ने मुझे पागल कर दिया।

अगले दिन से मैंने हिन्दी का अख़बार बन्द करवा दिया। अंग्रेज़ी माँ पढ़ नहीं पाती थीं। मैंने अगली सुबह माँ को चाय पीने के समय हिन्दी का अख़बार ढूँढ़ते देखा। माँ जब सब जगह ढूँढ़ चुकीं, तब पापा से पूछने लगीं। उसी समय मैंने माँ को बताया कि अख़बार वाला बता रहा था कि हिन्दी का अख़बार छपकर नहीं आ रहा। माँ को मेरे झूठ पर ज़रा भी शक नहीं हुआ। मैं और पापा चाय पीती माँ के पास बैठकर बातों में लग गये।

महीना भर बीत गया था हिन्दी अख़बार को बन्द हुए। बीच में कई बार माँ ने अख़बार के बारे में पूछा था। मैंने फिर से कोई बहाना बनाकर टाल दिया था। अख़बार की जगह किताबों ने ले ली थी। मैं अपने कॉलेज की लाइब्रेरी से माँ के लिए हिन्दी की किताबें लेकर आने लगी। माँ को किताब पढ़ना अच्छा लग रहा था। माँ की तबियत में सुधार आ रहा था। माँ को नींद आने लगी थी।

एक दिन दोपहर में मैं कॉलेज से जल्दी आ गयी। मैं अब ज़्यादा समय माँ के साथ बिताती और घर पर ही पढ़ाई करने लगी थी। खाना खा लेने के बाद लेटे–लेटे किताब पढ़ते हुए मुझे नींद ने घेर लिया। कोई पन्द्रह–बीस मिनट ही नींद के बीते होंगे कि मुझे किसी के रोने की आवाज़ सुनाई दी। मैं चौंककर उठी। माँ और मेरे

अलावा कोई भी उस समय घर पर नहीं था। पर माँ दिखाई नहीं दे रही थीं। आवाज़ घर के पिछवाड़े से आ रही थी। मेरे कमरे के ठीक पीछे से। मैंने खुली खिड़की से झाँककर देखा तो मेरे पैरों तले ज़मीन खिसक गयी।

मैं घर के पीछे वाले आँगन की ओर भागी। माँ ज़मीन पर बैठी बिलख–बिलखकर रो रही थीं। सामने अख़बार जल रहा था। धू–धू कर जलते अख़बार को देखकर मैं डर गयी थी। ये स्टोर में से निकाली गयी पुराने हिन्दी अख़बारों की प्रतियाँ थीं शायद। आज का अंग्रेज़ी अख़बार भी टुकड़ों में जल रहा था। मैंने माँ को आगोश में भर लिया। माँ एक बच्ची की तरह रो रही थीं।

# लाइफ़ बोले तो...

सविता पाण्डेय

लिव–इन रिलेशनशिप में रहना हमारी ज़रूरत भी थी और मजबूरी भी। एक अबूझ–सी रिलेशनशिप को जी रहे थे हम! साथ–साथ थे और अकेले–अकेले भी। बन्धन–मुक्त थे और जकड़े–जकड़े भी। रोज़ थोड़ा–थोड़ा मर रहे थे हम। साथ–साथ रहते हुए भी अकेले–अकेले जूझ रहे थे। हम अपनी–अपनी तरह से जी रहे थे। अपनी–अपनी सम्पूर्णताओं में जीते, जैसे किसी नॉस्टेल्जिया से गुज़र रहे थे। और आश्चर्य कि उबरना भी नहीं चाहते थे। हमारा जीवन अपना था। स्वतन्त्रता अपनी थी और समस्याएँ भी।

मुझे बला की नींद आ रही थी, जब मैंने तुम्हारे दरवाज़े पर पहली बार दस्तक दी। तुमने मेरे बैग उठाए और एक कोने में रख दिये। मुझ पर सफ़र की थकान तारी थी और मैं बस सो जाना चाहती थी। उफ्फ! कितनी कड़वी चाय बनाते थे तुम। चाय में चीनी घुलाते तुम चम्मच को जैसे घूरे जा रहे थे। हल्की–सी नज़रें उठायीं और मुझसे कहा, "नो कमिटमेंट्स डियर।" कड़वे घूँट भरते हुए मैंने तुम्हारी बात को गले के नीचे उतार लिया। चाय के घूँट जैसे आहिस्ता–आहिस्ता मेरे ज़ेहन में फैल रहे थे। 'नो कमिटमेंट्स' मैं मन–ही–मन बुदबुदाई। मेरी नींद काफूर हो गयी थी। नयी जगह में मुझे नींद कहाँ आती है भला।

चाय के कड़वे घूँट और काफूर हो गयी नींद की ही तरह मैंने सिगरेट, जहाँ–तहाँ खोलकर फेंके गये जूतों की ठोकरों, कभी न खुलने वाली खिड़कियों, हमेशा ही धीमे चलते पंखे, तुम्हारी महीनों

से नहीं धुली जींस, बेतरतीब दाढ़ी, बालों के पोनीटेल और तौलिये के नीचे सूखते मेरे अंडरगारमेंट्स के साथ समझौता कर लिया था।

अब मैं तुम्हारे सामने भी टूथब्रश और कंघी कर लेती थी। चादर में बग़ैर ख़ुद को लपेटे सो सकती थी। अपनी पसन्द का गाना बजा सकती थी। सुबह–शाम धूप–बत्ती जला सकती थी और तुम्हारे बनाये स्कल्पचर को सिरे से ख़ारिज कर सकती थी। मैंने तुम्हारे साथ जीना शुरू कर दिया था और छोटे–छोटे क़दमताल भरने लगी थी। अब हम दोनों एक ही किताब एक साथ पढ़ लेते थे। एक ही कैनवास में अलग–अलग ब्रश स्ट्रोक्स चलाते। साथ–साथ मिट्टी गूँथते और स्कल्पचर बनाते। यूँ हर रोज़ कुछ नया बनाते–बिगाड़ते और लम्हा–लम्हा साथ बिताते मैं रोज़ थोड़ा–थोड़ा बदल रही थी। कुछ था जो मेरे भीतर रोज़–रोज़ बन रहा था। तिनका–तिनका बिखर रहा था। टूट–फूट और दरक रहा था। ऐसे झड़ते और चूर–चूर होते लम्हों में मैं कुछ दिनों के लिए तुम्हारे साथ स्टूडियो से बाहर निकल जाती। हम दोनों लाइफ़ स्टडी करते। संग्रहालयों में कुछ ढूँढ़ते भटकते–फिरते। भारतीय कला–स्थलों, प्राचीन वास्तुशिल्पों, मन्दिरों, गुफाओं की ख़ाक छानते। घूमते–घूमते थक जाते और आँखों में नया नूर भरे नये रंग तलाशते। कभी–कभी यह तलाश मेरी भीतरी तहों तक चली जाती और मैं तह–दर–तह खुलने लगती। ख़ुद को समझने और समझाने की नाकाम कोशिश भर करती। (लेकिन तुम्हारे प्रति 'कमिटेड' कभी नहीं होती थी!)

## शायद तुम्हें याद हो

विलक्षण रूप–सौन्दर्य, पूर्ण यौवन, पुष्ट और उन्नत उरोज, मांसल देह, लचीली कमर! चामरधारिणी यक्षी की कितनी सुन्दर प्रतिमूर्ति बनायी थी तुमने। दाहिने हाथ में चामर लिये खड़ी यक्षी की मूर्ति का सौन्दर्य और चमक संसार में अन्यत्र दुर्लभ है। ओजपूर्ण मुखमण्डल की आभा, ठुड्डी, गालों और आसपास की आश्चर्यजनक संवेदनशीलता जैसे काली मिट्टी की लोच में जान डाल रही थी। पता नहीं यह यक्षी का सौन्दर्य था या तुम्हारा सौन्दर्यबोध! मैं असहज होने लगी थी। तीसरी सदी ईसा पूर्व से यूँ ही खड़ी यक्षी की यह आदमकद मूर्ति जैसे सौन्दर्य का कोई मानदण्ड

गढ़ रही हो। इतिहास के पन्नों में ईर्ष्या भरती कोई नवयौवना जैसे लगातार चँवर डुलाती चली आ रही हो। मेरी असहजता ने जैसे मेरी सारी कला–दृष्टि ही धुँधली कर दी थी। मैं अपने दुपट्टे में लिपटती जा रही थी। मेरे गालों पर ढुलक आयी दो बूँदों पर तुम अपनी अँगुलियाँ फिरा देते हो। तुम्हारी बाँहों के घेरे में मैं देर तक मौन हो कुछ तलाशती रहती हूँ। शायद अपनी असहजता का कारण या प्रतिबद्धता की कोई एक धड़कन ही।

कभी–कभी रंग–ख्वाब–मसरूफ़ियत और अजनबीपने की झीनी चादर ओढ़ मैं तुमसे बचने लगती। हमारी इस काल्पनिक दुनिया से इतर कभी वास्तविकता का सामना होते ही मैं जैसे अपने चेहरे पर हज़ारों रंग पोत लेती। मिट्टी से सनी हथेलियों के पीछे छुपने की नाकाम कोशिश करती। कोई इश्क़िया, रूहानी, जिस्मानी या जज़्बाती ख़याल आते ही लियोनार्दो द विंची, पिकासो, रफेल, सेजाँ जैसे महान कलाकारों की कला–यात्रा का ध्यान और बखान करने लगती।

मैं तुम्हें सम्बोधित अपने जज़्बात अपनी भाषा में उड़ेलने लगती। तुम मेरी मदर टंग नहीं समझते थे। मैं एक मरती हुई (मार दी गयी) भाषा बोलती थी। इस तरह एक–दूसरे को धोखा देते और एक–दूसरे के प्रति कमिटेड न होने का ढोंग रचते हुए हम एक–दूसरे की आँखों में झाँकते और मँझे हुए चोरों की तरह अपनी कामयाबी पर देर तक हँसते। मैंने टैक्सी का किराया दे दिया था और तुमने रेस्तराँ का बिल।

## ख़ामोशी की भी एक आवाज़ होती है

उफ्फ! कितना कम बोलते थे हम दोनों। आहिस्ता–आहिस्ता हम दोनों आँखों की कोई भाषा समझने लगे थे। तुमने महज़ इतना कहा, "मिक्स मीडिया में नये प्रयोग करेंगे हम दोनों।" और एक कोरा कैनवास तुम्हारी आँखों में तिर आया। तुम्हारा एक कमरे का घर हमारा आर्ट स्टूडियो बन गया। वाटर कलर, टेम्परा, ऑयल पेंट, पेस्टल कलर्स से रैक भर दिये गये। दो इजल रख दिये गये और तुमने उनके ठीक ऊपर एक बल्ब लटका दिया। छोटी–सी बालकनी किसी हौदे की तरह मिट्टी से भर दी गयी। खाली कैन्स, बॉटल, तरह–तरह के

पत्थर के टुकड़े, टायर–ट्यूब और इस तरह के कई सामान हमने बेड के नीचे भर दिये। यह 'इंस्टॉलेशन' का हमारा सामान था। मेरे कैमरे को तुमने कपड़े टाँगने की खूँटी पर टाँग दिया।

एग्ज़ीबिशन के लिए दो साल बाद की डेट मिली थी हमें। हम थोड़ा–सा सुस्ताने के लिए आँखें मूँदते और कोई हमें हमारी नींदों से झकझोरकर जगा देता। उनींदी आँखें लिये हम फिर से कैनवास के सामने होते। बिस्कुट, रस्क, ब्रेड, समोसे, चिप्स कुतरते रहते और मिट्टी को टेराकोटा के शिल्पों में ढालते रहते। गैस–स्टोव पर मैगी धीरे–धीरे सींझ रही होती और हम अपनी नयी थीम तलाशने में मशगूल रहते। कॉफी मगों में रखी चाय ठण्डी होती रहती और हम इंस्टॉलेशन के नये–नये डिजाइन बनाते–बिगाड़ते रहते। हम बैठे–बैठे सो लेते और कभी भी जाग जाते। तुम मुझसे अधिक जागते थे। सिगरेट के एक पैक और ट्रांजिस्टर पर बज रही मद्धम धुन के सहारे तुम रात भर जाग सकतें थे। मैं अधखुली आँखों से तुम्हें देखती। धुएँ में लिपटे से तुम लगातार कुछ–न–कुछ कर रहे होते। मुझे लगता एक टुकड़ा ब्रेड और एक प्याली मदिरा के सहारे माइकेल एंजेलो ऐसे ही सिस्टिन चैपेल की दीवारों पर मूर्तियाँ चित्रित करता होगा। महान मूर्ति–शिल्पी और चित्रकार माइकेल एंजेलो बुआना रोत्रि 88 साल की वृद्धावस्था और निद्राहीन रातों में हथौड़ा और छेनी उठाकर ऐसे ही मूर्तियों में सौन्दर्य–वृद्धि करता होगा।

अगर डूबकर जीना ही ज़िन्दगी है तो मैं डूब रही थी। जी रही थी। पल–पल को महसूस कर रही थी। मैं धीमे–धीमे बीत रही थी और अपने इस बीतते जाने को तरन्नुम की तरह गुनगुना रही थी। गोया कि किसी नशे में थी मैं।

## लाइफ़ इज अ कमिटमेंट

अजन्ता गुफाओं की पथरीली चट्टानों पर सदियों से लेटी पीड़ा से व्यथित राजकुमारी की दृष्टि और आसपास की मुद्राओं के व्याकुल भाव शायद किसी कैमरे में न समा पायें। 'मरणोन्मुख राजकुमारी' जिसके जीवन की सभी आशाएँ समाप्त हो चुकी हैं। जाने कब से

यूँ ही मरणोन्मुख पड़ी दर्शकों को रुलाती रही है। लगातार मर रही है। चित्रकार उसे मौत या ज़िन्दगी क्यों नहीं बख़्श गया? तुम्हारी हथेलियों की गर्माहट महसूस करती मैं एक–एक चित्र में डूब–सी जाती हूँ। सदियों से ध्यानमग्न, शान्त और अविचल ये भित्ति–चित्र जैसे आत्म–निरत हैं। इन गुफाओं में चित्रित समस्त देव–सृष्टि और मानव–सृष्टि जैसे किसी अलौकिक शान्ति को निमन्त्रण दे रही हो। तुम मेरी गर्म हो आयी हथेली में अपने हाथों को उलझाये रखते हो। इस हल्की गर्माहट में मैं धीरे–धीरे पिघलती रहती हूँ। पिघलकर ख़त्म हो जाना चाहती हूँ। जीवन के रंगों में सिक्त हो जाना चाहती हूँ। हमारा कैमरा अजन्ता–एलोरा के चित्रों और मूर्तियों की नाज़ुकता से भर गया है।

अन्तहीन चुप्पियाँ ओढ़े एक–दूसरे से चिढ़ते–कुढ़ते चेहरों पर आ रहे बदलावों और भावों को तुरत–फुरत छुपा ले जाने के खेल में माहिर मैं यूँ ही तुम्हें जीने लगी थी। कभी–कभी मेरा यह खेल फ्रस्ट्रेशन की हद को छू रहा होता और मैं तुमसे प्रतिबद्धता न दिखाने का झूठा राग अलापती रहती। स्वतन्त्रता हमारा जन्मसिद्ध अधिकार था और हम एक–दूसरे के स्पेस में कभी अपनी टाँग नहीं अड़ाते थे। भले ही छोटी–छोटी दख़लअन्दाज़ियों की चाहना हमें सालती रही हो। कला जीवन बनकर हमारे भीतर धीरे–धीरे उतर रही थी। रंग और नूर के जज़्बातों में गोते खाते हम जीवन में आकण्ठ डूबे रहते। अपनी सच्चाइयों और अन्धकारों को भूले–बिसरे हम एक–दूसरे का साथ पा जीवन से भर जाते। ज़िन्दगी नये–नये बदलावों के साथ हमारे सामने होती और हम दोनों हाथों से उसे लपक लेते।

## दो दिन सिर्फ़ दो दिन नहीं होते

कभी–कभी दो दिनों में ही हम अपनी पूरी ज़िन्दगी नाप लेते हैं। जैसे कि इन दो दिनों में माँ मेरे बीते सात महीनों का लेखा–जोखा बाँच रही है। ढीले हो आये कपड़ों और आँखों के इर्द–गिर्द काले गड्ढों का हिसाब पढ़ती माँ कितनी भयातुर हो सकती है। मैं माँ से बिना कमिटमेंट की कोई प्रेम–कहानी पूछती हूँ और माँ रो पड़ती है। उसकी

आँखों में छुपा भय पानी बन गया है। माँ मेरा रोना नहीं देखती। मुझे भूख लगती है और मैं रोने लगती हूँ। मनपसन्द पराँठे छोड़ रस्क और चाय के लिए बच्चों–सी ज़िद करती हूँ। खुली छत पर ठिठुरती हुई घूमती हूँ। ''सर्दियाँ शुरू हो गयी हैं। बिना शाल के बाहर मत निकलना।'' तुम्हारे लिए फ़ोन पर मैसेज टाइप करती हूँ, फिर डिलीट कर देती हूँ। मेरी आँखें भीग जाती हैं और मैं रोने लगती हूँ।

फ़ोन और नेट पर हम घण्टों बातें करते हैं। तुम मुझे विन्सेंट वॉन गॉग की कला–यात्रा, 'मोनालिसा' की रचना–प्रक्रिया और अपनी नयी थीम थमे–थमे शब्दों में देर तक बताते हो। मैं तुम्हें सुनती भर हूँ। तुम समझाते हो कि वॉन गॉग ने अपने लोक–प्रसिद्ध चित्र 'आलूखोर' में कत्थई रंग के प्रयोग कर धूल–धुएँ–पसीने की ज़िन्दगी को मज़दूरों के कष्ट और कुरूपता को मुखरित किया है। वॉन गॉग कहता है कि उसने 'आलूखोर' चित्र के द्वारा धूल–धुएँ, गोबर–खाद की गन्ध वाले मज़दूरों और कृषकों के जीवन–दर्शन को चित्रित किया है। टिमटिमाते हुए दीपक के प्रकाश में आलू खाने वाले और उन्हीं निर्धन हाथों से धरती को खोदकर आजीविका चलाने वाले कृषक जीवन के चित्र को जानबूझ कर ऊबड़–खाबड़ बनाया गया है ताकि रूढ़िबद्ध ता के विरुद्ध भिन्न रहन–सहन का वर्णन हो सके। यह ज़रूरी नहीं कि हर दर्शक इसे पसन्द करे।

नींद से मेरी पलकें बोझिल हुई जा रही हैं। मगर 'बॉडी–क्लॉक' साथ नहीं दे रहा। मैं सिगरेट और चाय की गन्ध में सराबोर हो सो जाना चाहती हूँ। तुम्हारे हाथों की कड़वी चाय! अचानक ही किसी एडिक्टेड चेन स्मोकर की तरह बेचैन हो उठती हूँ। मेरी बेचैनी गहरी नींद सो रहे घर भर में फैल जाती है। पापा के सिगरेट केस से एक सिगरेट ले मैं तिमंज़िले घर की सबसे ऊपर वाली छत पर चली जाती हूँ। खुली छत और निरभ्र चाँद के आगोश में मैंने अपनी ज़िन्दगी की पहली सिगरेट सुलगा ली है। सारा शहर नींद में डूबा है और मैंने अपनी पहली कश भर ली है। मेरी खाँसी सोये हुए शहर की नींद में खलल डाल रही है। खाँसते–खाँसते मैं एक अदद सिगरेट का धुआँ अपने भीतर उतार रही हूँ। तुम्हारी उपस्थिति का भ्रम अपने अन्दर

समा रही हूँ। तुम्हें आहिस्ता–आहिस्ता जज़्ब कर रही हूँ। जी रही हूँ।

## कला अपर्याप्तता के विरुद्ध विद्रोह है (अज्ञेय)

पिछले कई महीनों से तुम अपना सिगरेट केस छुपाकर रखने लगे थे। हर बार एक सिगरेट कम पाकर तुम झुँझला उठते। यह वैसी ही खीझ थी जो मुझे बन्द खिड़कियों, धीमे चलते पंखे और तुम्हारी गन्दी जींस को देखकर होती थी।

वह हमारे एग्ज़ीबिशन के बाद वाले दिन की शाम थी, जब तुमने अपना सिगरेट केस अचानक निकाला और गिनने लगे। एक–एक सिगरेट मेरी तरफ़ बढ़ाते गये और आख़िरी सिगरेट के साथ ही तुमने अपनी हथेली मेरे गाल पर जड़ दी। तुम ग़ुस्से से काँप रहे थे शिव। मेरे प्रति कमिटेड हो रहे थे। तुम्हारा यह कमिटमेंट साथ रहने से जन्मा था। वैसे ही जैसे माता–पिता, बच्चों और पति–पत्नी के रिश्तों में होता है।

"तुम एक ज़िद्दी बच्चे हो शिव!" कहते हुए मैंने बरसों से जकड़ी कमरे की एकमात्र खिड़की खोल दी। हवा का एक झोंका–सा हमारे फेफड़ों में समा गया। तुमने अपने लम्बे बालों की पोनीटेल बनायी और कहा, "मेरे पहले दिन से ही बजबजाते हुए कूड़े की गन्ध मेरे नथुनों में समा गयी है। मेरी माँ ने जन्मते ही मुझे कूड़े में फेंक दिया था। मेरी कला ताउम्र मेरा पीछा करती उस दुर्गंध के प्रति मेरी बग़ावत है। कूड़े–कर्कट और डस्टबिन के पालने से निकल मैंने अपनी क़िस्मत ख़ुद बनायी है।"

तुम अपनी कहानी कहते रहे और मैं तुम्हारी नीली जींस धुलती रही।

"सभी अपनी–अपनी कहानियाँ जन्म से ही साथ लेकर आते हैं। यह तुम्हारा ग़रूर है कि तुमने अपनी क़िस्मत की रेखाएँ बदल दीं।" मैंने कहा।

"जिसे तुम अहंकार कह रही हो, वह मेरे लिए जीवन जीने का सम्बल है। मेरी ज़िन्दगी का फ़लसफ़ा है।" तुमने कहा।

मैंने पंखे को उसकी पूरी स्पीड पर कर दिया है। तुम पंखे के

ठीक नीचे कुर्सी में धँस–से गये हो। मैं तुम्हारी बन्द पलकों को चूम लेती हूँ। तुम आँखें मूँदे ही रहते हो।

''जीवन के अनचाहे–अनबीते पलों को भुला देना चाहिए। नहीं?'' मैंने पूछा।

''शायद नहीं। कभी–कभी यही अनचाही कहानियाँ हमें ज़िलाए रखती हैं। हमें बार–बार अपनी औक़ात में रहना सिखाती हैं।'' तुमने कहा।

''लेकिन इनकी कोई हदबन्दी तो होनी ही चाहिए न। ऐसा भी क्या कि हमारे ज़ख़्म ही हमें जीने लगें।'' मैंने कहा।

कुर्सी और बिस्तर की टेक लिये तुम अपना बीता कल जी रहे थे और मैं तुम्हारे बेतरतीब पड़े कपड़ों और जूतों को सहेज–समेट रही थी।

''चाय पीओगे?'' मैंने पूछा।

''अगर मैं बीते दिनों को बार–बार न कुरेदूँ तो खाली हो जाऊँगा। कुछ रच डालने की मेरी सारी जिजीविषा ही मर जाये शायद।'' तुमने कहा।

''आगे की क्या प्लानिंग है?'' मैंने बात बदलने के लिए पूछा। इससे भी अधिक अपने बारे में तुम्हारी राय जानने के लिए जो मैं सीधे तौर पर नहीं पूछ सकती थी।

''कल किसने देखा है।'' तुम्हारे इस फ़िलोसॉफ़िकल जवाब पर मुझे चिढ़–सी हो आयी।

''थैंक्स गॉड! मैं इस तरह के किसी दुःख से नहीं गुज़री।'' मैंने सपाट लफ़्ज़ों में कहा और तुम चीख़ पड़े, ''झूठ बोल रही हो तुम।''

कुछ रुककर फिर पूछा, ''अच्छा बताओ, तुम्हारी सारी पेंटिंग्स के रंग इतने गहरे क्यों होते हैं? किसी फ्रस्ट्रेशन की हद से गुज़रते गहरे, काले, भूरे और कत्थई से रंग।''

तुम्हारी इस बात पर मैंने बड़ी ढिठाई से एक सिगरेट तुम्हारे सामने ही सुलगा ली। ग़ुस्सा होने के बजाय तुमने दूसरा कश लेकर धुएँ की वह शै मेरी ओर वापस बढ़ा दी। मैंने एक लम्बा कश लिया और कहा, ''ये मेरे जीवन के रंग हैं शिव, जिन्हें मैं अपनी वास्तविकता

में नहीं जी सकती। मेरी ज़िन्दगी के सारे रंग दूसरे लोग तय करते आये हैं। वे दूसरे लोग जिन्हें मैं शिद्दत से चाहती आयी हूँ।''

''इसका जवाब नकार भी हो सकता है।'' तुमने कहा।

मैं अपनी मजबूरी बयाँ नहीं करती। यह भी नहीं कहती कि अब मैं तुम्हारे दिये रंगों के साथ ही अपनी तमाम उम्र गुज़ार सकती हूँ।

''मेरे साथ रेप की घटना तब हुई, जब मैं रेप और सेक्स का मतलब भी नहीं जानती थी। उस घटना के बाद मेरी ऑवरी निकालनी पड़ी थी। थोपे हुए भोथरे रंग। स्वीकारना शायद मेरे जीवन की शर्त रही हो और नकारना नये–नये रंगों की तलाश।'' मैंने कहा।

हमारे बीच पसरा मौन काफ़ी लम्बा हो रहा था और इस बीच हम सिगरेट का एक पूरा पैक स्मोक कर गये।

''मैं तुम्हें पूरे कमिटमेंट के साथ जीना चाहता हूँ।'' तुमने कहा।

यह तुम्हारे लिए नया हो सकता है। मैं तो लम्बे समय से तुम्हें जी रही थी। कल्पनाएँ यथार्थ को मात दे जाती हैं। हैं न?

यह हमारे रिलेशनशिप की आख़िरी रात थी जब, हमने अपनी मुर्दहिया चुप्पियों को तोड़ा और एक–दूसरे को डूबकर जिया। इस 'डूब' में यह पल ही नहीं हमारी सारी ज़िन्दगी क़तरा–क़तरा बह रही थी।

एक–दूसरे की ज़िन्दगियों में गुत्थम–गुत्था हम उम्र–दर–उम्र गुज़र रहे थे। आँसू, अफ़सोस, ग़म और प्रेम में एक साथ सराबोर हम जैसे खाली हो जाना चाहते थे। बीती हुई ज़िन्दगी की कतरनें उलीचते–फेंकते–बटोरते हम सन्तोष और सन्तुष्टि के साथ लूट रहे थे। तृप्ति का यह भाव हमारी रग–रग में ऐंद्रिक सुख बनकर प्रवाहित हो रहा था। तुम्हारे बालों में उँगलियाँ उलझाये मैं तुम्हें सुनती भर रही। अपनी समस्त संवेदनाओं के साथ तुम मेरे भीतर उतरते रहे और मैं तुम्हें महसूस करती रही। मैं, मेरी ज़िन्दगी और मेरा वजूद तो जाने कब फ़ना हो गये थे।

सुबह शायद तुम देर तक सोते रहे। तुम्हारे माथे पर पड़ने वाली सलवटें ग़ायब हो गयी थीं। किसी नन्हे बच्चे की तरह जैसे बिलख–बिलखकर रोते–रोते सो गये थे तुम।

आँसू, थकन, रतजगे, अकेलेपन, खालीपन, चुप्पी, अतृप्ति, बेचैनी

के बीच 'मैं', 'मैं' और अनन्त 'मैं' के साथ अकेलेपन का उत्सव मनाने निकले हम दोनों दरअसल अस्तित्त्ववाद की खोज में निकले थे। जहाँ हमें परम्परा और प्रचलन के उन तमाम मानदण्डों का खण्डन करना था जो व्यक्तिगत स्वतन्त्रता का विरोध करते हैं। लेकिन अन्ततः यही पाते हैं कि किसी भी घटना का हिस्सा न होना कितना मुश्किल है। उसे देखना भर हमें उसका हिस्सा बना देता है।

तुम्हारे साथ 'कमिटेड' होकर भी 'नो कमिटमेंट' का झूठ समेट मैंने अपनी ज़िन्दगी अपनी शर्तों पर जीने का फ़ैसला ले लिया था।

मैं अपने हिस्से का हुक लिये जा रही थी। खाली हो गयी थी। मैंने तुम्हें पा लिया था और खोना नहीं चाहती थी। (इसी डर से।)

तुम्हारा बचपना, तुम्हारा यौवन, तुम्हारी कला–सब मेरे भीतर उमड़ रहे थे। मुझे तुम्हारे एहसास बचाये रखने थे। किसी भी तरह के विमर्श से परे। मैं तुम्हारे प्रेम को ताउम्र जीना चाहती हूँ शिव। जा रही हूँ क्योंकि मैं तुम्हें तुम्हारी सम्पूर्णताओं के साथ उम्र भर जीना चाहती हूँ।

# शीर्षकहीन

•

प्रणय पाठक

आज श्यामा मित्रा ने कॉपी वापस कर दी थी। सारे सवाल ठीक थे। लिखे इतने साफ़–सुथरे ढंग से थे कि बस छापने की देरी थी। सवालों को काले और जवाबों को नीले रंग में भी लिखा था। रात को दो बजे तक लिखने के कारण मैंने सब सवाल तसल्ली से गाइड से उतार लिये थे। श्यामा मित्रा ने बंगाली में पता नहीं क्या कहा और मैं कॉपी लेकर चुपचाप वापस आ गया।

मैं जैसे ही अपनी सीट पर पहुँचा, मुझे फिर याद आया कि अयन नहीं आया था। बाकी सब लोग उसे ऑयोन बुलाते थे, मगर मैं नहीं। बाकी सब लोग बंगाली भी बोलते थे, मैं नहीं। नीचे किसी सालाना कार्यक्रम की तैयारी चल रही थी। जैसे ही ड्रम पर चोट पड़ती, मुझमें एक सिहरन–सी दौड़ जाती। श्यामा मित्रा कभी भी मुझे खड़ा करके फटकार मार सकती थी। वह ऐसा ही करती थी। मैं अब भी बगलें ही झाँक रहा था। सब सवाल कर रहे थे या उन्हें करने की मुझसे अच्छी एक्टिंग कर रहे थे।

आज पहली बार ऐसा हुआ था कि अयन नहीं आया था। मैं जब एस.पी.वी. आया था तो सबसे पहले अयन से इंट्रोड्यूस करवाया गया था। वह इसलिए क्योंकि वह भी नोएडा में ही रहता था। यहाँ मुझे भर्ती मेरी मौसी की सिफ़ारिश पर करवाया गया था। मगर दसवीं में मेरे इतने मार्क्स तो थे कि यहाँ मुझे साइंस स्ट्रीम मिल जाती।

दो महीने बाद मुझे पहली बार एहसास हुआ कि आस–पास

सब कितने अजनबी थे। कोई अजीब–सी हँसी हँस रहा था तो कोई खड़ी–पे–लात के दौरान एक वाहियात–सा वाक़या सुना रहा था। मेरे पुराने स्कूल में हम लोग बुक क्रिकेट और ऑड–ईवन खेला करते थे। लड़ाई होने के बाद भी हम एक हद के पार कभी नहीं जाते थे। यहाँ तो आम जुमले भी बहुत घटिया लगते थे। मेरे एडमिशन के एक हफ़्ते बाद अबीर का एडमिशन हुआ था। वह भी पब्लिक स्कूल से आया था। उसका एडमिशन भी सिफ़ारिश से हुआ था। मैं गिन ही रहा था कि इन दो सालों में मुझे कितने दिन इस स्कूल में आना ज़रूरी होगा कि अचानक श्यामा मित्रा खड़ी हुई और हम सबको घूरते हुए क्लास से जाने लगी। उसके रोज़ाना के ग़ुस्से का शिकार बनने में मैं क्लास का ही एक हिस्सा था।

एक बार को अयन नहीं आया, वो ठीक था। मगर आज पहली बार यह भी था कि अयन और अबीर, दोनों ही नहीं आये थे। अबीर कुछ ही दिनों में मेरा अभिन्न हिस्सा हो गया था। हम हर समय साथ ही रहते थे। वह आज नहीं आया था और ये स्कूल मुझे काटने को दौड़ रहा था। आसपास सभी यह बात जानते थे और मुझ पर कोई ध्यान न देकर शायद मुझसे बदला–सा ले रहे थे।

मैं पिछली रात को देर से सोया था। फिर भी नींद का नामो–निशान नहीं था। बस सिर में दर्द था। मेरे आलू के पराँठे रवि डंडोटिया खा गया था। शायद इसलिए ही वह हर दस मिनट में अपनी अजीब–सी आवाज़ में कोई चुटकुला सुनाता और मुझे देखकर मुस्कुराता। रवि बहुत हँसोड़ बन्दा था। हर समय हँसता रहता। हाँ, ये अलग बात है कि मखौलबाज़ी के साथ ही वह पढ़ने में तेज़ और सबका प्यारा भी था। हाँ, मेरा भी। तभी क्लास में वही अकेला था जो मेरे पराँठे खा सकता था।

समरविल में मेरे पराँठे कोई नहीं खाता था। मैं खाना अकसर अख़बार के काग़ज़ में रखकर लाता था। कई बार मैंने अपने सबसे अच्छे दोस्त के सामने अपना डब्बा खोला तो पराँठे गल चुके होते थे या ठण्डे हो जाते थे। मगर रवि डंडोटिया मेरे पराँठे खाता था। वह अपने बड़े भाई के पास रहने आया हुआ था। उसे गुज़ारा यूँ ही

करना होता था।

अगला पीरियड खाली था। फिजिक्स की टीचर नहीं आयी थी। फिजिक्स का होमवर्क भी मैंने कल रात को गाइड से उतारा था। मगर दिन की आख़िरी परीक्षा अभी बाकी थी। स्कूल वालों ने पता नहीं क्यों ग्यारहवीं के सिलेबस में कम्प्यूटर लगा दिया था। आख़िरी पीरियड में इसी कम्प्यूटर के टीचर को आना था। नाम था अनवर अली। हाथ में फुट्टा लेकर आता था। काम पूरा होगा तो फुट्टे से बस ब्लैकबोर्ड पर लाइन खिंचेगी, वरना...।

फुट्टे की मार से मखौलबाज़ डरते होंगे, मुझे तो बेइज़्ज़ती का डर था। मैं बचपन से ही बेइज़्ज़ती से डरता रहा हूँ। इसे घमण्ड कहना ठीक नहीं होगा। कॉम्पलेक्स कह लीजिए। बेइज़्ज़त होने का डर पता नहीं कब दिल में घुस गया था।

कल रात ज़िन्दगी में पहली बार पापा ने मुझे दो बजे तक पढ़ता देख लिया था। सुबह मैंने उन्हें मम्मी से कहते सुन लिया था कि लड़का पढ़ने लगा है, मेहनत करने लगा है। यह बात बेहद ख़तरनाक थी। इससे पहले पापा ने हमेशा मेरी तारीफ़ मेरे सामने, मुझसे कहकर की थी। वह उत्साहवर्धन होता था। ये उम्मीदें थीं। वह समझ रहे थे कि मैं पटरी पर आ चुका हूँ। जबकि सच तो यह था कि मैं तो दूर किसी टीले पर बैठा घास तोड़ रहा था।

नीचे की मंज़िल पर प्रैक्टिस अभी भी चल रही थी। मेरे पैर अभी भी प्लेट के आख़िरी बार वाले रिफ़्रेन पर बराबर चौंक रहे थे। सामने कम्प्यूटर की कॉपी खुली पड़ी थी। मगर किताब स्कूल वालों ने ऐसी लगाई थी कि कहीं मिल नहीं रही थी। हालाँकि ये काम न करने का अच्छा बहाना था। जब किताब ही नहीं तो साला फुट्टे से कौन डरता है। कई सालों बाद जब कॉलेज के वक़्त मेरा पर्स चोरी हुआ तो मैं एक हफ़्ते इसी अकड़ में बस में सफ़र करता रहा। जब जेब में पर्स नहीं और देश में अनुशासन नहीं, तो साला जुर्माने से कौन डरता है?

सितम्बर का महीना था और बादलों की गड़गड़ाहट तो यही

इशारा कर रही थी कि बड़ी भयंकर बारिश होने वाली थी। आगे चार–पाँच लड़के गाने गा रहे थे। लड़कों का मिलकर गाना मेरे लिए नया नहीं था। यह समरविल में भी होता था। फ्री पीरियड में हम भी यही किया करते थे। आस–पास सब कुछ अजीब लग रहा था क्योंकि अब रवि डंडोटिया भी क्लास में नहीं था। मैं हर मिनट सिर डेस्क पर रखकर सोने की रिहर्सल–सी करता। फिर इस डर से कि कोई देख लेगा और हाल पूछ लेगा, मैं सिर उठा लेता। ऐसे वक़्त में आप हाल–चाल बताने के मूड में बिल्कुल नहीं होते हैं।

भीषणता के हर संघर्ष के बाद स्खलन होता है। उसके बाद आप तनावमुक्त हो जाते हैं। मगर उसके साथ ही नरम भी हो जाते हैं। शर्मिंदा हो जाते हैं। बेइज़्ज़त हो जाते हैं। और वैसे भी स्खलन से पहले के कुछ पल बड़े उपयोगी नज़र आते हैं। फिर अचानक वह घड़ी आती है, वह सेकण्ड से भी जल्दी गुज़र जाने वाली घड़ी, जब आप सब जाने देते हैं। मौसम वैसा–का–वैसा ही रहा। लेकिन मेरी कॉपी पर एक बूँद गिरी और स्याही फैल गयी। नाक भर गयी। मैंने फिर सिर नीचे कर लिया और इस तरह दिखने की कोशिश करने लगा, जैसे मैं रो नहीं रहा होऊँ। सामने चार–पाँच लड़के अब भी गाने गा रहे थे और इस समय वे संवेदना को दूर से सूँघ लेते। मैंने सिसकी तो चुप करवा ली, पर नाक का सुड़कना बन्द नहीं करवा पाया। मेरी ओर मुँह करके रजनीश खड़ा था। वह अकसर खिड़की पर अकेला बैठकर सरगम गाया करता था। पिछले हफ़्ते उसने मुझसे बायोलॉजी की कॉपी भी माँगी थी।

रजनीश जान चुका था। मैंने कन्धों से आँखें पोंछीं और कुछ ढूँढ़ने लगा। मगर रजनीश जान चुका था। मैंने सिरदर्द का बहाना तैयार कर लिया। आँसुओं से मूँछें गीली होना ठीक बात नहीं होती। खासकर स्कूल में। रजनीश ने मेरी कॉपी बन्द की और मुझसे आगे चलने को कहा। मैं चल दिया। बाकी लड़कों ने बिना रुके गाने गाना जारी रखा था। मैं भी जाकर उनमें खड़ा हो गया। एक गाना ख़त्म होने पर ललित मेरी तरफ़ देखकर मुस्कुराया। नीचे प्रैक्टिस हो रही थी, लेकिन मेरे पैर अब इन गानों की धुन पर चल रहे थे।

# चुर्की मास्टर की साइकिल–चोरी

दीपांकर

ये उस दौर की बात है, जब 21वीं शाताब्दी नयी–नयी शुरू हुई थी। पुराने लोग पुराने रह गये थे और हम जैसे 20वीं सदी के अन्त में पैदा हुए लोग तेज़ी से बदलते हुए सीख भी रहे थे, बौरा भी रहे थे।

उस वक़्त हम बच्चा लोग किसी बड़े के हाथ में मोबाइल देखते कि, पाजामे का नाड़ा और बहती नाक छोड़ ,उसे निहारने लगते थे। और ये वो दौर था जब मिडिल स्कूल के मास्टर ज़्यादातर टुटही साइकिल से ही चलते थे।

ये कहानी हमारे मिडिलिया दोस्त दीपू तिवारी की है, और काहे की हमारा नाम मिलता–जुलता था, तो उन्होंने जैसा बचपने में जिया था, वैसा ही मुझे सुनाया और सत्यनारायण कथा की तरह वैसे ही मैं आपको बताता हूँ! पढ़िए और पढ़ने के बाद हमारा नहीं अपना दिमाग़ मथिए, और हाँ पढ़ने के बाद ये मत पूछना कि अब दीपू तिवारी कहाँ हैं? काहे कि अब वह कहीं और उपन्यास बनाने में लगे हैं।

ये कहानी आपका सच भी हो सकती है या दीपू तिवारी और उनकी कहानी की तरह कल्पना भी।

हमारे (मने दीपू तिवारी के) बाप श्री रामचरन तिवारी, जो एक तरह से बीएड, एलएलबी थे, प्राइमरी में मास्टर थे और उनके स्कूल बदलते (ट्रांसफ़र होते) रहते थे। उनके स्कूल बदलते ही हमारा स्कूल भी बदल जाता था। इस तरह पहली कक्षा से सातवीं तक हम भी

तीन–चार स्कूल बदल चुके थे। हमारे पिताजी प्राइमरी में पढ़ाते थे, तो वो सिर्फ़ कक्षा पाँच तक ही हमें अपने स्कूल में पढ़ाने का सौभाग्य पा सके।

लेकिन इससे दुखी होकर कभी भी उन्होंने मेरा नाम प्राइवेट स्कूल में नहीं लिखवाया। उनका यक़ीन था कि प्राइवेट स्कूलों में नये–नये लौंडे पढ़ाने के लिए जाते हैं, जो 400–500 रुपये लेकर बेगारी करते हैं। जो युवा मास्टर अपना भविष्य नहीं देख पाते, वो मेरे बेटे को तो चरणामृत बाँटने लायक़ भी नहीं बना पायेंगे।

इस तरह मेरा दाख़िला प्राइमरी के बाद सरकारी मिडिल स्कूल में हो ही गया।

मिडिल स्कूल क्या था, पूरा गाँव था। बग़ल में नहर बहती थी, जिसकी धारा में हम स्कूल के लौंडे पहले तो ढेला–पत्थर मारकर लहर पैदा करते थे, फिर कुछ ज्ञानी होने पर मूत के उसकी धारा बढ़ाने लगे। इस प्राकृतिक प्रक्रिया को जब भी कोई खलिहर मास्टर देख लेता, तो गुरु–शिष्य के बीच कुम्हार–घड़े वाले वैदिक नियम के कारण हम लाल चूतड़ लेकर घर आते।

स्कूल के दूसरे किनारे पर गाँव वालों की भैंसें बँधती थीं और उसी के बग़ल में बच्चों को साफ़–सफ़ाई सिखाने के उद्देश्य से स्कूल में शौचालय कम मूत्रालय 'बालकों हेतु' बना दिया गया था। बालिका शौचालय तीसरे कोने पर था। स्कूल के लौंडे मूत्रालय में मूतने कम, गाँव वालों की भैंस खूँटे से खोल देने के लिए ज़्यादा जाते थे, जिससे स्कूल में हंगामा मच जाये और पठन–पाठन के न होने वाले कार्य से थोड़ी देर के लिए राहत मिले, और उस बीच वो नहर की धार से अपनी मूत्र–धार का मुकाबला कर सकें।

इस तरह हम लौंडों का वक़्त कक्षा की टाट–पट्टी पर कम, नहर के किनारे झूठे–टट्टी करने में ज़्यादा बीतता था। इससे आगे की प्रक्रिया में जो एक बार सौंचते–सौंचते नहर में गिरता, वो फिर तैरना सीखकर ही बाहर आता था।

लेकिन मेरे साथ ऐसा न हुआ। मैं बाप के चंगुल से नया–नया छूटा था और अन्य बालकों की भाँति मेरा अनुभव नहीं था। मैंने चटक

बनने की कोशिश में एक छलाँग लगाकर नहर पार करने का बयाना ले लिया। शर्त लच्छी खिलाने की थी। मैंने शोएब अख़्तर वाली स्टाइल में रनिंग शुरू की। बच्चों ने शोर करना शुरू किया। नहर के किनारे पर दौड़ते–दौड़ते मैं ये सोच रहा था कि कूदूँ या नहीं। और नहीं पार कर पाऊँगा सोचकर भी मैंने छलाँग लगा दी। एक पैर गीली मिट्टी पर पड़ा। दूसरा पानी में और मैं सरककर पानी में बहने लगा। फिर डूबने लगा। पहले मुझे अपने भीगे कपड़े की याद आयी। फिर मम्मी की। फिर पापा के थप्पड़ की। और तब तक हाथ–पैर मारते हुए मैं तीन–चार घूँट पानी पी चुका था।

इतने में मेरी बाँह किसी ने पकड़ी और खींचकर बाहर निकाला। ये करिया था। करिया का असली नाम अरविन्द प्रसाद था, लेकिन लोग उसके काले रंग और ऊपर से दलित होने के कारण करिया ही कहते थे। उसने अपना नाम करिया ही मान भी लिया था।

उसने हाथ खींचकर बाहर निकालते हुए मुझसे कहा, ''शुक्र करो दीपू तिवारी! हम मूतने आये थे। नहीं तो तुम भगवान को प्यारे हो गये होते।''

ये वही करिया थे, जो एक बार हमारी चप्पल पहन लिये थे तो हमने उनसे लड़ाई कर ली थी।

लेकिन अब उन्होंने मेरी जान बचाई थी तो हमने उनसे कहा कि तुम्हीं हमारे सबसे अच्छे दोस्त हो।

उसके बाद हम और करिया सचमुच सबसे अच्छे दोस्त बन गये।

वक़्त गुज़रा और कक्षा छह–सात पास होने के साथ–साथ हमने करिया के साथ नहर में तैरना भी सीख लिया।

कक्षा आठ में पहुँचते ही हमारा सामना पूर्व माध्यमिक विद्यालय कादीपुर यानी हमारे विद्यालय के नये किन्तु बूढ़े हो चुके प्रधानाचार्य पण्डित राधेश्याम से हुआ। पण्डित राधेश्याम को देखते ही बच्चे लाइन से खड़े हो जाते थे। शोर करते हुए बच्चे चुप हो जाते थे और भैंसें बों–बों की आवाज़ नहीं करती थीं। वो जब ज़ोर से किसी बच्चे को डाँटते थे तो दूर मूत्रालय में मूत रहे बच्चे का पेशाब बन्द हो जाता था, नहर में मूत रहा बच्चा नहर में कूदकर डुबकी लगा लेता था और डाँट

खाने वाले बच्चे की पैंट गीली हो जाती थी।

पण्डित जी रिटायर होने की उम्र में प्रधानाचार्य बने और रिटायर हो जाने से पहले बच्चों को कूट–काटकर लाइन पर लाकर बुढ़ापा उसे याद करते हुए बिताना चाहते थे।

वो एक लम्बी चोटी रखते थे, इसलिए बच्चों ने उन्हें गुरु जी कहने से पहले पण्डित जी कहना शुरू किया। फिर उनके पीठ पीछे चुर्की गुरु जी कहने लगे।

पण्डित राधेश्याम (चुर्की गुरु जी) ने आते ही बच्चों का नहर पर हगना–मूतना मुहाल कर दिया।

अब जितनी लम्बी लाइन नल पर पानी पीने वाले बच्चों की लगती थी, उतनी ही लम्बी लाइन शौचालय पर मूतने वालों की लगती। और क्योंकि बच्चों के मूतने की धारा का शोर भैंसों के मूतने के आगे दब जाता, इसलिए बच्चे कॉम्पिटिशन में बार–बार मूतने जाने लगे।

एक दिन पण्डित जी कक्षा छह के एक बच्चे को ज़ोर–ज़ोर से मारने लगे। बाकी कक्षाओं के बच्चे उनके डर से अपनी कक्षाओं से ही लाइव आनन्द ले रहे थे। किसी की हिम्मत क्लोजअप से देखने की नहीं थी। चुर्की गुरु जी चिल्ला रहे थे, "तुम सारे शूद्र–चमार के लौंडे... आता–जाता कुछ नहीं है। विद्वान बनने चले आते हो। वेदों में सही लिखा है। शूद्रों को शिक्षा नहीं शोभती। ब्राह्मण का काम तुम करोगे? कलेक्टरी तुम करोगे, तो क्या ब्राह्मण भीख माँगेगा। कलियुग में शूद्र भी ब्राह्मण बनने लगेंगे, ऐसा लिखा भी है और तुम कर भी वही रहे हो। कक्षा पाँच कहाँ से और कैसे पास हुए? हमारे ज़माने में कक्षा पाँच तहसीलदार बन जाते थे और तुम हो साले, क से कमण्डल भी नहीं पता है।"

चुर्की गुरु जी का ये रूप देखकर मैं अन्दर से हिल गया। ब्राह्मण परिवार में मैं भी पैदा हुआ था, लेकिन शूद्र की परिभाषा अब समझ में आयी थी।

मैं सोचने लगा कि अगर ब्राह्मण श्रेष्ठ होता है, तो उस दिन नहर में डूबते हुए मुझे करिया ने कैसे बचा लिया था। उसे तो लोग चमार कहते हैं।

इस घटना के बाद मैं ख़ुद में काफ़ी उलझ गया था। तभी एक और घटना घटी, जिसने चुर्की गुरु जी के अनुशासन को मेरे लिए नफ़रत में बदल दिया।

चुर्की गुरु जी के आने से पहले स्कूल की साफ़–सफ़ाई सभी लोग मिल–जुलकर करते, लेकिन उन्होंने साफ़–सफ़ाई के लिए टीम बना दी। आपको याद दिला दें कि ये वो दौर था, जब स्कूल में सफ़ाईकर्मी तो दूर की बात है, अध्यापक भी पूरे नहीं होते थे। अध्यापक तो स्कूलों में अब भी पूरे नहीं हैं, लेकिन सफ़ाईकर्मी हो गये हैं।

लेकिन पण्डित जी ने जो टीम बनायी थी, वो हमें एक महीने बाद समझ में आयी। ब्लैकबोर्ड साफ़ करने और चॉक लगाने का काम ब्राह्मण–क्षत्रियों का था। मैदान में झाड़ू यादव, कुर्मी आदि लगाते थे और शौचालय साफ़ करने का काम दलितों को सौंप दिया गया था।

एक दिन जब करिया चॉक लाने चला गया तो पण्डित जी ने मुझे मेरी ज़िम्मेदारी याद दिलाई और कहा कि आगे से ऐसी भूल अक्षम्य होगी।

अब मैं धर्म और दोस्ती के बीच की उलझन में फँसा था। मेरा ख़ुद को कभी–कभी बड़ा मान लेने का मन करता था, लेकिन मैं यह स्वीकार नहीं कर पाता था। मैंने पण्डित जी की बात पिता जी को बताई। उन्होंने मुझसे कहा, "अनन्त काल से ब्राह्मण को श्रेष्ठ माना गया है। पण्डित जी सीनियर अध्यापक हैं, वो तुम्हें ठीक ही पढ़ायेंगे।"

पण्डित जी हमें हिन्दी और संस्कृत पढ़ाते थे। वो अच्छा पढ़ाते थे, लेकिन उनके सवाल पूछने पर जब कोई दलित बच्चा जवाब दे देता तो हमसे कहते कि सीखो इससे, जबकि किसी ब्राह्मण बच्चे के जवाब देने पर वो कहते, "शाबाश!"

कक्षा आठ बीतता जा रहा था। और क़रीब–क़रीब हमारी ही नज़र में बुरे बन चुके प्रिंसिपल (प्रधानाचार्य) के अंडर हम लोग पढ़ रहे थे, जो अनुशासित था, बुरा था और जातिवादी था।

उत्तर प्रदेश में 'जाति नहीं जाती', अगर ऐसा कहा जाता है तो ये भी जान लीजिए वहाँ त्योहार और मेले भी कभी ख़त्म नहीं होते।

उस दिन हम कक्षाओं को समाप्त करके रोज़ की तरह भारी मन

से घर जाने वाले थे, तभी करिया ने कहा कि आज मेला है, देखने चलेगा? मैंने कहा कि दस रुपये हैं जेब में। उसने कहा, ''मेरे पास चालीस हैं।'' तो मेला देखना तय हुआ। स्कूल वाला बस्ता, कक्षा की टाँड़ पर फेंका गया, वहीं हम अपनी बैठने वाली बोरियाँ भी फेंकते थे।

नहर वाला रास्ता पकड़कर हम आगे बढ़े तो पीली–पीली, लाल–लाल साड़ी पहनकर जाती अनगिनत औरतें, नील–चढ़ी बनियान पहने हुए बुज़ुर्ग, जो साइकिल चला रहे थे या साइकिल उन्हें चला रही थी, पता नहीं चला...जाते दिखे।

इन सब पर धूल उड़ाती बैलगाड़ियाँ, उन पर सोते कारीगर, बैलगाड़ी से बचते लोग, नहर में गिरते लोग, बैलगाड़ियों की धूल से माहौल मैलाई हो गया था। इसे मेलाई भी कह सकते हैं। ये सब इसलिए, क्योंकि मेले के उस पार की मलाई सबको नज़र आ रही थी।

इसी बीच जनेऊ कान पर चढ़ाकर नहर में मूतते चुर्की गुरु जी दिखे। करिया ने उनकी मूत्र–धार देखते हुए उन्हें प्रणाम किया। पण्डित जी जल्दी से जनेऊ उतारकर बोले, ख़ुश रहो करिया। मुझे देखकर उन्हें उनका स्वच्छता–ज्ञान याद आ गया।

हम सब आगे बढ़े तो काली माई का चौरा दिखाई दिया, जिसके चबूतरे पर लगे पत्थर को देखकर करिया ने मुझसे उसे पढ़ने को कहा और मेरा संस्कृत–ज्ञान, पण्डित ज्ञान दम तोड़ गया। लिखा था : ''महिषासुरमर्दिनी ज्ञानम् वृक्ष, संवत् 1642।'' यहीं से हमने मेला देखना भी शुरू किया।

तब तक चुर्की गुरु जी अपनी नयी साइकिल से घण्टी बजाते हुए हमें पार कर गये। साइकिल एकदम नयी थी। बैलगाड़ी से पड़ गयी थोड़ी धूल छोड़ दें तो चमचमा रही थी।

हम आगे बढ़े तो चाय और मिठाई की दुकान पर सबसे ज़्यादा भीड़ दिखी और सबको पता था कि मिठाइयों में खोये की जगह घुइयाँ, कांद और आलू–चावल का आटा मिला है। फिर भी लोग भकोसने में लगे थे। दुकानदारों ने भी क़सम खायी थी कि दाम चाहे कम ही मिले, लेकिन मिलावट के बिना कोई चीज़ बनाये और बेंचे वो दम न लेंगे।

औरतें आलू–चाट खा रही थीं और नाक–आँख–मुँह, सबसे पानी चुआ रही थीं। तभी चुर्की गुरु जी मिठाई ख़रीदते दिखाई दिये। वो मिठाई की दुकान पर थे, लेकिन ख़रीद जलेबी रहे थे। हमें देखते ही वो शरमा गये।

हम और आगे बढ़े तो आल्हा की भीड़ और शोर सुनाई देने लगा। आल्हा वाले गायक एक–दूसरे की आवाज़ को बहुत ऊँचाई पर काट रहे थे और भीड़ का शोर उन सबको काट रहा था। हारमोनियम वाला आल्हा राग में भी नागिन धुन बजा रहा था और गायकों का मुँह साँप के फन की तरह फूल गया था। हमें वो रोमांचक नहीं लगा और हमने पाया कि हम नेता जी के मंच की तरफ़ आ गये हैं। नेता जी का भाषण चल रहा था और वो बता रहे थे कि कैसे उन्होंने मेले को पुनर्जीवित कर दिया। वो बता रहे थे, "मेले में ठेले पहले से ज़्यादा बढ़ गये हैं। उम्मीद है कि भीड़ जैसे यहाँ आयी है, वैसे ही उन्हें वोट भी देगी।" आदि–आदि। ज़िन्दाबाद–ज़िन्दाबाद। आदि–आदि... इत्यादि ।

तब तक नेता जी ने चुर्की मास्टर को देख लिया था, क्योंकि चुर्की मास्टर बच्चों को पढ़ाते थे और बच्चे भविष्य का वोट होते हैं। इसलिए नेता जी इस मौक़े पर चूके नहीं और उन्होंने चुर्की मास्टर को मंच पर आमन्त्रित किया। चुर्की मास्टर नयी साइकिल और उसमें बँधी गरम जलेबी को छोड़कर मंच पर जाना नहीं चाहते थे, लेकिन तालियों के बीच उन्हें जाना पड़ा। नेता जी ने उनके पैर छुए, बदले में चुर्की मास्टर ने नेता जी के पैर छुए। इस तरह अभिवादन सम्पन्न हुआ।

चुर्की मास्टर को स्टेज थमा दिया गया। उन्होंने कहा, "इस देश को उन्होंने शिक्षित करने का कार्य किया है। मेले में कितने दुकानदार होंगे, जिन्होंने उनसे पढ़ा होगा"। भीड़ ने ताली बजाई, "लेकिन ये लोग मिलावटी सामान बेचते हैं। जलेबी तो आप कभी खा नहीं सकते, उलटी हो जायेगी।" भीड़ ने फिर ताली बजाई। इस तरह वो जलेबी वालों पर अपना ग़ुस्सा निकाल रहे थे। आगे उन्होंने कहा, "छोटी जातियों के लोग यहाँ मिठाई बनाकर सबका धर्म भ्रष्ट कर रहे हैं, मैं तो इनकी जलेबी कभी नहीं ख़रीदता।"

नेता जी ने आगे से उच्च वर्ग के जलेबी वाले का स्टॉल लगाने का वादा किया और हाथ जोड़कर माफ़ी माँगी। चुर्की मास्टर ने आगे कहा कि इस देश को वो शिक्षित बनाकर रहेंगे।

तब तक मेले में आया एक आदमी चुर्की मास्टर की साइकिल पर बैठकर उन्हीं की जलेबी खा रहा था। चुर्की मास्टर ने उसे स्टेज से घूरा, लेकिन कुछ बोल नहीं पाये। आदमी ने आधी जलेबी अपने आस–पास वालों को खिलाई, फिर आधी जलेबी दोबारा साइकिल में टाँगकर साइकिल लेकर जाने लगा।

चुर्की गुरु जी दाँत पीस रहे थे। नेता जी उन्हें आश्वासन दे रहे थे कि अगली बार से मनपसन्द जलेबी का स्टॉल होगा।

चोर साइकिल लेकर जा रहा था। चुर्की मास्टर देखकर भी कुछ नहीं बोल पा रहे थे।

# समरीन बानो उर्फ़ समरू बेगम

ज्योति

"अब तो ये गली की अम्मा हो गयी है... अरे अम्मा भी न कहो, ये तो अब तवायफ़ बन गयी है।" जब भारी–भरकम गोरी चमड़ी वाली उस औरत ने समरीन बानो को इशारा करते हुए यह कहा, तब गली में खड़े बाकी तमाशबीन, जिसमें औरतें भी शामिल थीं, खिलखिलाकर हँस पड़े। पर समरीन बानो बुलन्द आवाज़ करके बोल पड़ीं, "हाँ हूँ मैं तवायफ़! नाचती हूँ तो क्या तुम सभी के घर से माँगने जाती हूँ।"

बड़े–बूढ़ों के बीच–बचाव के बाद मोहल्ले में हुआ यह झगड़ा सन्नाटे में तब्दील हो गया। कुछ लोग हँसते हुए अपने–अपने घरों में घुस गये, तो कुछ लोग 'फालतू का झगड़ा' कहकर शराफ़त का चोला पहनते हुए जाने लगे। पर समरीन बानो अभी भी ग़ुस्से में तेज़ी से साँसें ले रही थीं। उन्होंने गाढ़े हरे रंग की सलवार–कमीज़ पहनी थी। दुपट्टे में लगी गोटेदार किनारी की वजह से दुपट्टा सुन्दर लग रहा था। अकसर वह इसी दुपट्टे को हर सलवार–कमीज़ पर बिना मिलान के ओढ़ लिया करती हैं।

वास्तव में समरीन बानो को इस मोहल्ले में आये हुए दस साल हो गये हैं। लोग बताते हैं कि वह अपने भाई–बहनों के साथ बहुत ग़रीबी की हालत में यहाँ बस गयीं। पर यकायक जाने कहाँ से इतनी दौलत आयी कि उन्होंने अपने भाई–बहनों की शादी कर दी, और तो और घर भी ख़रीद लिया। जब से उन्होंने घर ख़रीदा, तब से ही

गली की औरतों के किस्से में वह शुमार हो गयीं।

समरीन बानो छोटे क़द की औरत हैं। उनका रंग साफ़ है और अंग्रेज़ी सीखी हुई हैं। उन्होंने अपना पहला निकाह एक ऐसे व्यक्ति के साथ किया जो पहले से ही शादी–शुदा था। तब समरीन बानो के बारे में लोगों ने बहुत सारी कहानियाँ रचीं। पर समरीन बानो ने अपने दिल का पीछा किया और बेधड़क फ़ैसला ले लिया।

ऐसा बताया जाता है कि उनकी शादी बड़ी शानदार हुई। हिन्दू हो या मुस्लिम किसी के भी खान–पान में कोई कमी न रही। समरीन बानो के भाई–बहन अपनी आपा की शादी में ज़ोर–शोर से लगे रहे।

लेकिन लगभग छह–सात महीने बाद ही समरीन बानो की अनबन शुरू हुई और वह अपने शौहर का घर छोड़कर वापस अपने मोहल्ले में आकर रहने लगीं। तब गली के लोग उनके बारे में और भी बातें बनाने लगे। पर समरीन बानो का मिज़ाज जाने किन तरंगों से बना है। वह नाक ऊँची करके उन्हीं लोगों के बीच रहने लगीं।

लोग बताते हैं कि समरीन बानो में बहुत सारी 'क्वालिटीज़' (ख़ासियतें) हैं। वह अकेले रहने वाली औरत हैं। वह बेख़ौफ़ हैं। वह राजेश खन्ना के गाने भी सुनती हैं और अकेले काम–धाम भी कर लिया करती हैं। उम्र एक दो पायदान बढ़ी तो उन्होंने इक़बाल नाम का किरायेदार रखा जो राजेश खन्ना के गाने गुनगुनाया करता था। समरीन बानो को उसका अन्दाज़ धीरे–धीरे भाने लगा। एक रोज़ फिर उन्होंने दूसरा निकाह करने का मन बनाया।

निकाह की तारीख़ जब तय हुई, तब अकेली समरीन इक़बाल के साथ ख़ुश हुईं। लोग बताते हैं कि उनके दूसरे निकाह में रौनक कम रही। दूसरी बात यह कि लोक–लाज और बेहयाई के शब्दों से डरकर उनके ख़ुद के भाई–बहन तक शादी में शामिल नहीं हुए। समरीन बानो को इसका दुख हुआ पर इसे उन्होंने अपनी आँखों से जाहिर नहीं होने दिया। शादी हुई और शौहर किरायेदार के लिबास से निकल गया।

लेकिन मालूम होता है कि धोखा औरत का पीछा करता है। इक़बाल के साथ उनके कुछ दिनों में झगड़े शुरू हो गये। इक़बाल

उनके साथ मारपीट भी करता था और गाली–गलौज भी।

किसी पड़ोसी के बयान से मालूम होता है कि एक रोज़ समरीन बानो को इक़बाल कहता पाया गया, ''हरामज़ादी! तेरा क्या ईमान? जो औरत पहले आदमी की नहीं हुई, वो मेरी क्या होगी? तेरा तो अब इस्तेमाल होना चाहिए... तुम औरतों की औक़ात पैर की जूतियों से ज़्यादा क्या हो!'' दोनों में बहुत हाथापायी हुई। पुलिस आयी और मामला शान्त कर चली गयी।

लेकिन समरीन बानो के कानों से घुसे शब्द उनके दिमाग़ तक चले गये थे। उनके घर मदद करने आने वाली औरत ने गली की औरतों को कानाफूसी कर बताया, ''अरे, आज तो ई औरत अपने मरद को लगाम करने की कोशिश कर रही थी। बोली कि इक़बाल मेरे घर में तेरी शराबख़ोरी नाई चलेगी। तलाक़ चाइये।''

इस बात पर गली की सम्भ्रान्त औरतों की आँखें फैल गयीं। कुछ तो हँसी उड़ाने लगीं। पर कुछ तथाकथित अच्छी औरतों ने मशवरा भी दिया कि 'एडजस्ट' करना चाहिए। सारे मरद पीते हैं। गाली देते हैं। बात–बात पर आदमी भी कोई छोड़ा जाता है। ख़ैर, समरीन बानो तक ये मशवरे नहीं पहुँचे। कुछ दिन बाद समरीन बानो का दूसरा तलाक़ हो गया।

गली के लौंडे–लपाड़ों ने समरीन बानो का मज़ाक़ उड़ाना शुरू कर दिया। वे प्यार से उन्हें 'समरू बेगम' पुकारने लगे! कोई लड़की अगर किसी बात पर मना करती तो उसे डाँटकर चुप करा दिया जाता। ''चुप रह! समरू बेगम मत बन।'' जब कोई औरत अगर कुछ फ़ैसले लेना चाहती, तब उसमें न जाने क्यों 'समरू बेगम' दिखने लगती।

क्या समरीन बानो को मोहल्ले की इस खिल्ली की ख़बर नहीं थी?

होगी क्यों नहीं! आवाज़ें भी कब बुत हुआ करती हैं! समरीन बानो ज़्यादातर अपना वक़्त अकेले ही बिताया करती थीं। कुछ लोगों ने बताया कि रेखा वाली 'उमराव जान' फ़िल्म वह कई दफ़ा दोहरा–दोहराकर देखती हैं। कई बार गाती हैं, ''ये क्या जगह है दोस्तो! ये कौन–सा दयार है... हद–ए–निगाह तलक जहाँ ग़ुबार–ही–ग़ुबार है...।''

कुछ सालों के लिए समरीन बानो लखनऊ रहीं। लेकिन न जाने

लखनऊ से ख़बरें परवाज़ कैसे भर लेती हैं? लोग आपस में बात करते हैं कि लखनऊ में समरीन बानो ने तीसरा निकाह रचाया। पर वह भी उम्रदराज़ नहीं निकला।

कुछ लोग इसी अफ़वाह के चलते समरीन बानो को तवायफ़, रण्डी, बदनाम औरत और न जाने क्या–क्या कहकर पुकारते हैं। कुछ लोगों का कहना है कि समरीन बानो के रहने से मोहल्ला गन्दा हो गया है। 'एक मछली पूरे तालाब को गन्दा कर देती है' शैली में समरीन बानो लोगों की ज़िन्दगी और ज़ुबान में बनी रहती हैं।

कुछ दिन पहले ही लोगों ने उनके घर के बाहर समरू बेगम, छमिया, बाँझ काले कोयले से लिख दिया था... रात के अँधेरे में।

अगले दिन ही समरीन बानो ने दो मज़दूर मुकर्रर किये और सफ़ेदी करवाई और बड़े अक्षरों में लिखवाया–समरीन बानो।

समरीन बानो ने एक बार मुझसे मुस्कुराते हुए कहा था, "गुड़िया, कुछ लिखने का शौक़ पाल लो। अकेलेपन में काम आता है।" दूर से हम दोनों को किसी ने देख लिया। बस फिर क्या था, झगड़ा शुरू हो गया। फिर मेरी पिटाई हुई और हवा में मैंने तैरते हुए अल्फ़ाज़ सुने : तवायफ़, रांड, छोड़ी हुई, धन्धेबाज़।

कई दिनों तक चिल्लर बटोरकर मैंने एक छोटी डायरी ख़रीदी और समरीन बानो के दिये सुझाव को अमल में लाना शुरू कर दिया। रात को घर में सबके सो जाने के बाद जो कुछ समझ में आता, वह लिख लेती। कई बार सोचा कि समरीन बानो को वह डायरी दिखाऊँ, पर मौक़ा नहीं मिल पाया। कुछ रोज़ बाद उनकी लखनऊ रवानगी की ख़बर मिली। इसके बाद मेरी उनसे फिर कभी मुलाक़ात नहीं हुई। हाँ, उनके घर के पास से आते–जाते हुए सबकी नज़र बचाकर उनके नाम की तख़्ती पर हाथ ज़रूर फेर लेती हूँ। मुझे ऐसा करके अच्छा लगता है।

# अवनि सेंट यू अ फ्रेंड रिक्वेस्ट

आर्य भारत

''कितने बदल गये हो तुम?''

''लेकिन पहले तो तुम बदली थीं?''

''रहने दो न, बदलाव की बातें सुन बहुत दर्द होता है।''

''दर्द? तुम्हें... सचमुच दर्द होता है? बस! यही एक कारण है कि तुम्हारे चेहरे पर दर्द दिख रहा है।'' मेरा मखौल बनाते हुए अवनि ने चुटकी ली।

दोनों बहुत दिनों बाद वहीं मिल रहे थे, जहाँ वे कभी हर रोज़ मिला करते थे। अवनि अब एक मल्टीनेशनल कम्पनी में प्रबन्ध निदेशक हो चुकी थी और लास वेगास से वर्षों बाद भारत लौटी थी। लेकिन उसके चेहरे और हाव–भाव से वही पुरानी सादगी झलक रही थी। अपने रंगीन नाख़ूनों को एक–दूसरे से कुरेदते हुए उसने मुझसे पूछा, ''क्या लोगे। चलो न! आज वीटी की कोल्ड कॉफी पीते हैं।''

''छोले–समोसे भी तो खा सकते हैं?'' मैंने कुछ उदासी भरे गले से अवनि की तरफ़ एक सवाल उछाला। मुझे अपने शुरुआती दिनों के 'छोले–समोसों' की याद बरबस आ रही थी।

''छोले–समोसे?'' अवनि बोली।

''हाँ! मुझे बहुत अच्छा लगेगा। शायद इसी बहाने ख़ुद को समझा लूँगा कि तुमने कुछ भी ख़त्म नहीं किया।''

''अब तो सचमुच कुछ भी नहीं बचा वैभव... तुम्हें ये बात पिछले पाँच सालों में समझ नहीं आयी? अब मैं तुम्हारी अवनि नहीं रही।

जहाँ तक बात छोले–समोसे की है तो वह भी खा लेंगे। लेकिन जो कोल्ड कॉफी मैं आज तुम्हें पिलाने जा रही हूँ, वह एक नयी दोस्ती की शुरुआत के लिए है। मुझे लगता है कि तुम्हें आज एक अच्छे दोस्त की ज़रूरत है जो तुम्हारी परेशानियों को कुछ कम कर सके। क्या तुम्हें मेरी दोस्ती मंजूर नहीं?'' अवनि ने कुछ अनमने मन से आँखों के ऊपर आयी लटों को पीछे करते हुए ज़रा तनकर धीरे से अपनी बात रखी।

''दोस्ती? नहीं! चलो कोल्ड कॉफी ही पीते हैं, लेकिन आज भी मेरे पास तुम्हें पिलाने के लिए उतने पैसे नहीं हैं।'' मैंने अपने हाथों में अवनि का हाथ लेते हुए बहुत भावुकता से उत्तर दिया।

''देखो, रोओ मत। मैं बस तुमसे इसलिए यहाँ मिलने आयी हूँ क्योंकि तुम चाहते थे। और वैसे भी एक पुरुष को इतनी भावुकता शोभा नहीं देती।'' अवनि ने पुचकारते हुए ये बात कही, जिससे मुझे कुछ गम्भीर होने का अभिनय करना पड़ा। जेब से अपना रूमाल निकाल नाक और आँखों के आसपास फेरते हुए, अपनी भावुकता को छिपाते हुए मैंने कुछ भावुकता में कहा, ''माफ़ करना अवनि! बहुत दिन हो गये थे तुमको देखे हुए। इसलिए ख़ुद को रोक न सका। मैं आज भी यही सोचता हूँ कि आख़िर ऐसा क्या है जो तब हमारी ज़िन्दगी में था और आज नहीं है?''

''यह तो तुम्हें ही बहुत अच्छी तरह पता होगा। लेकिन तुम्हारी याददाश्त देखते हुए मैं तुम्हें बताना चाहूँगी कि आज हम दोनों के बीच वे सपने नहीं रहे जिनमें हमने एक–दूसरे के लिए जीवन देखा था। मैंने तो कभी यह नहीं सोचा कि हम क्यों अलग हुए? शायद तब मुझे जीवन की महत्त्वाकांक्षा से उतना परिचय नहीं था, जितना मुम्बई में रहते हुए महसूस किया। बनारस में रहते हुए मैंने सिर्फ़ तुम्हारे साथ फ़िल्में देखीं, लेकिन दुनिया क्या होती है यह मैंने मुम्बई में जाना और वैसे भी वैभव, तुमसे अलग होने के पीछे यही कारण था न कि तुम मुझे फ़िल्मों में दुनिया दिखाना चाहते थे और मैं सचमुच उस दुनिया का हिस्सा बनना चाहती थी।''

''लगता है इस बीच तुमने दुनिया ही नहीं देखी, बल्कि कुछ साहित्य भी पढ़ा। यह बहुत दिलचस्प है कि हर छोटी बात पर फ़िल्मों की नायिका की तरह रूठ जाने वाली अवनि आज इतने आत्मविश्वास से हिन्दी बोल लेती है। चलो, वेगास में रहते हुए तुम्हारी हिन्दी बहुत अच्छी हो गयी है। क्यों?'' मैंने कुछ मज़ाक़ के लहजे में कहा।

''हाँ वैभव, जब हम किसी ऐसी दुनिया में जीते हैं, जहाँ दूर–दूर तक अपने जैसे लोग नहीं होते तो एक अपनी ज़ुबान ही होती है जो पराई जगह पर परायेपन का अनुभव नहीं होने देती। क्या तुमने 'गुनाहों का देवता' पढ़ी है?'' अवनि ने एक विस्मय भाव अपने चेहरे पर रखते हुए मुझसे सवाल किया, जिसे मैंने नज़रअन्दाज़ कर दिया। मैंने उससे अपने बारे में सवाल किया, ''अपनी भाषा याद आती रही... क्या कभी मैं भी याद आया? तुमने तो मुझे सोशल साइट्स पर भी हर जगह ब्लॉक कर दिया है। वैसे आज मैं तुम्हारी साहित्यिक अभिरुचि को देखते हुए इन बीते सालों में रची गयी अपनी कविताओं का संकलन देना चाहूँगा। इसे कवि के द्वारा अपने पाठक को भेंट समझो।'' मैंने अपनी नव–प्रकाशित किताब अवनि की तरफ़ बढ़ा दी, जिसे उसने एक उन्मुक्त चहक के साथ बहुत जल्दी लपककर अपनी गोद में रख लिया।

''बाद में पढ़ूँगी। हो सका तो फ्लाइट में ही ख़त्म कर दूँगी। तुमको तो पता ही है, हवाई जहाज़ में मुझको कितना डर लगता है।''

''कोई नहीं। मेरी कविताएँ तुमको अपने अंक में ऐसे भर लेंगी, जैसे कोई गिलहरी भय से पत्तों की ओट में छिप जाती है।'' मैंने बड़ी चपलता के साथ यह जवाब दिया जिससे अवनि झेंप गयी। तभी मन्दिर के घण्टे ने आरती होने की सूचना दी। विश्वविद्यालय का परिसर शंख और डमरू की ध्वनि से गूँजने लगा। हर–हर महादेव के उद्घोषों से अब पूरा माहौल गुंजित हो चुका था।

''चलो न आरती देखते हैं। अभी मेरी फ्लाइट में दो घण्टे बाकी हैं। तब तक कुछ और बातें भी हो जायेंगी और हाँ, मैंने बहुत सारी मन्नतें भी माँगी थीं शिव जी से। अब ज़्यादा कुछ याद तो नहीं, लेकिन आज यहाँ से ऐसे लौट जाना ठीक नहीं होगा।''

''एक मिनट तुम यहीं रुको ज़रा, मैं पूजा का कुछ सामान ले लूँ। पता नहीं, अब कब भारत आऊँ।'' अवनि की आँखों में मन्दिर जाने की वही पुरानी चमक दिखाई दे रही थी। मैं वहीं बरगद के सहन पर बैठ गया और अवनि की चपलता को महसूस करते हुए अपनी पुरानी यादों में खो गया। तब के वे क्या दिन थे, जब हम बीकॉम की क्लासेज ख़त्म करने के बाद देर रात तक कोचिंग के नाम पर घूमते रहते थे। एकाएक नज़र उठाते ही कृषि विज्ञान संस्थान का भवन दिखाई दिया जिससे वो पुरानी घटना याद आ गयी, जब मैं अवनि को खोजते हुए लेडीज वॉशरूम में चला गया था और बहुत मुश्किल से उस चपरासी से जान बची थी। मैंने अपने गालों पर आये आँसुओं को हाथों से हटाया और एक हल्की हँसी भी आ गयी।

''क्या बात है! अब किस बात पर तुम्हें हँसी आ गयी? देखो, मैंने पूजा की सारी सामग्री ले ली है।'' अवनि मेरे एकान्त को झटके से भंग करते हुए चहकती आवाज़ में बोली, ''नहीं, फिर से दूध वाला कुल्हड़ तुम भूल गयीं। अब चलो, जल्दी से दूध लेकर मन्दिर चलते हैं।'' मुझे उसकी नादानी पर अब भी हँसी आ रही थी। दुकान पर पहुँचकर मैंने कुल्हड़ में दूध लिया और दुकानदार को कुछ पहचान की भाषा में बाद में भुगतान करने का संकेत देते हुए मन्दिर के अन्दर प्रवेश किया।

''सैंडल यहीं उतार दो और ज़रा जल्दी करो।'' मुझे उसकी फ्लाइट की चिन्ता हो रही थी।

''कोई नहीं।'' अवनि ने उन्मुक्तता के साथ मेरी आँखों में आँखें डालते हुए हल्का–सा झुककर सैंडल निकालकर मन्दिर की सीढ़ी के एक तरफ़ कर दिया। मन्दिर में आरती अन्तिम चरण में थी, हम दोनों ने बेलपत्र–दूध पुजारी को सौंपे, हाथ जोड़े पल भर खड़े रहे और फिर जल्दी से नदी की तरफ़ मुड़े। वहाँ महिलाओं की पहले की तरह अच्छी–खासी भीड़ थी। मैंने उसे ही आगे जाने दिया और ख़ुद वहीं सीढ़ियों पर बैठना उचित समझा।

''तुम कुछ नहीं माँगोगे?''

''नहीं!''

''क्यों?''

''क्योंकि जो मैं माँगूँगा, वह नहीं मिलेगा।'' मैंने ज़रा उदासी भरे लहजे में जवाब दिया।

''ऐसा क्या माँगोगे?''

''जल्दी आओ, देर हो रही है।'' मैंने कलाइयों पर बँधी घड़ी की तरफ़ इशारा करते हुए ज़रा ऊँची आवाज़ में उसको जवाब दिया।

''आ रही! आ रही!''

फिर वह नन्दी के कानों में कुछ बुदबुदाते हुए जल्दी से दौड़ती हुई मेरी तरफ़ बढ़ी। उसे अपनी तरफ़ आते देखकर मैंने उसके भरे हुए बदन पर ग़ौर किया। उसने अपनी कलाइयों पर चाइनीज़ में कोई टैटू बनवा रखा था, जिस पर पिछले डेढ़ घण्टों में मेरी नज़र नहीं गयी थी। बात यह थी कि मैं उसके चेहरे को ही अब तक निहारता रहा था।

''क्या हुआ तुम्हें? चलो, अब जल्दी देर हो रही है।'' अवनि ने टैटू बने हुए हाथों की हथेलियों से मेरी उँगलियाँ थामकर ज़रा ज़ोर देते हुए कहा।

''हाँ चलो।'' मैं थोड़ा हिचका और फिर अपने हाथों को उसके हाथों में ढीला छोड़ते हुए आगे की तरफ़ क़दम बढ़ाने लगा। मुझे फिर पुराने दिनों की यादों ने अपने आगोश में ले लिया था। गेट पर रुककर हमने अपने सैंडल बाँधे और जल्दी से सामान समेटते हुए मन्दिर से निकले।

''कोल्ड कॉफी...''

''नहीं ठण्ड बहुत है, मुझे खाँसी हो जायेगी।'' मैंने कोल्ड कॉफी को लेकर अपना वर्षों पुराना राग अलापा।

''मैं तुम्हें अमेरिका से वाइन भेज दूँगी। चलो भी अब...'' अवनि मुझे बाँहों से पकड़कर खींचते हुए कोल्ड कॉफी की दुकान की तरफ़ ले जाने लगी।

''नहीं, मुझे भूख लगी है। अगर तुम्हारा मन हो तो चलो छोले–समोसे की दुकान पर...'' मैंने अपनी बात पर ज़रा ज़ोर देकर कहा।

''तुम नहीं मानोगे।'' अवनि ने मेरी ज़िद को देखते हुए मेरा हाथ छोड़कर भीम की दुकान, जो विश्वविद्यालय के दिनों में हमारे साथियों की सबसे माफ़िक जगह होती थी, की तरफ़ जल्दी से कूच किया।

दुकान पर पहुँचकर मैंने दो छोले–समोसे मीठी चटनी के साथ लिये और जल्दी से अवनि की तरफ़ बढ़ा जो नल पर अपने हाथ धो रही थी।

''लो और जल्दी करो। बाबतपुर एयरपोर्ट जाने में घण्टे भर लगेंगे। फ्लाइट छूटनी नहीं चाहिए।'' मैंने उसकी तरफ़ छोले–समोसे बढ़ाते हुए विनम्रता के साथ अपनी बात रखी।

''हाँ चलो।'' अवनि छोले–समोसे ले गेट पर खड़ी अपनी कार की तरफ़ बढ़ी।

''पहले खा तो लो।'' मैंने डाँटते हुए कहा।

''ओके... ओके।'' और फिर हमने अपने छोले–समोसे ख़त्म कर कार की तरफ़ क़दम बढ़ा दिये।

''अच्छा वैभव! तुम अपना ज़रा ख़याल रखा करो और ज़रा ज़िन्दगी में अब आगे बढ़ो।'' अवनि जैसे अब औपचारिक बातचीत करने के मूड में थी। मैंने भी उसी औपचारिकता के साथ अपने क़दम बढ़ाते हुए अनमने ढंग से कहा।

''हाँ, लेकिन अब तुमसे आगे जाने की सोच रहा हूँ। चलो, तुम्हारी कार तक तो तुम्हें छोड़ ही सकता हूँ।'' मैंने उसका हैंडबैग अपने हाथों में लिया और हम दोनों जल्दी–जल्दी कार की तरफ़ बढ़े। ड्राइवर ने दरवाज़ा खोला और फिर एक झटके में अवनि ने उसको अन्दर से बन्द कर दिया। कार के शीशे उतारते हुए उसने मेरी तरफ़ अपना हाथ बढ़ाया।

''अच्छा तो अब मैं चलती हूँ। एयरपोर्ट पहुँचकर तुमको कॉल करूँगी।'' गाड़ी ने धीरे से आवाज़ के साथ अपनी रफ़्तार बढ़ाई, चाइनीज़ टैटू वाला उसका हाथ दुपट्टे के साथ अब भी हवा में लहर रहा था। उसने दूर से आवाज़ दी, ''वैभव... अपना ख़याल रखना...।''

हवा और कुहासे के बीच कार के पीछे जल रही लाल बत्तियों ने बीते दिनों में विज्ञान की कक्षा में पढ़े जाने वाले तरंग–दैर्ध्य के

सबक की याद दिला दी। नीरवता, जो अब तक सीने में थी, वह आँखों के चारों तरफ़ छाने लगी थी। मैंने ज़रा इधर–उधर देखा और फिर दूर जाती हुई कार को आवाज़ दी, "मेरा नम्बर तुम्हें याद है?"

गाड़ी धीरे–धीरे धुंध में लुप्त हो गयी। मैंने जल्दी से उसी दिशा में अपने क़दम बढ़ा दिये। मुझे सिगरेट की तलब हो रही थी। ठण्ड बढ़ने लगी थी और लंका गेट की तरफ़ मेरी रफ़्तार भी। जल्दी से पुरानी यादों की एक रेलगाड़ी की तरह मैंने लंका की तरफ़ अपने आपको मोड़ दिया।

लंका पहुँचने तक मैं थोड़ा सामान्य हो चुका था। सड़क के समानान्तर खड़ी मोटरसाइकिलों पर टेक लगा मैंने सिगरेट सुलगाई और बिहारी दादा को एक चाय के लिए आवाज़ दी। सिगरेट का एक कश अन्दर लेकर हवा की तरफ़ चिमनियों की भाँति अपने जिगर का पूरा धुआँ छोड़ा। तभी फ़ोन वाइब्रेट हुआ। मैंने अनमने मन से फ़ोन निकाला और मैसेज बॉक्स को खोला। उसमें एक मैसेज फेसबुक के नोटिफिकेशन की तरफ़ से था : "Avani sent you a friend request." मैंने जल्दी से फेसबुक खोला। तरह–तरह की चर्चाओं और पोस्ट के इतर मेरा ध्यान नोटिफिकेशन की तरफ़ गया, जहाँ मेरी बहुत सारी पुरानी कविताओं को किसी अवनि ने लाइक किया था।

तभी मैसेंजर पर एक सन्देश आया, "Hello!"

मैंने सिगरेट ख़त्म की और चाय को एक साँस में ख़त्म कर अपने आपको ख़ुद में सहेजते हुए हल्के क़दमों के साथ एक पुरानी दिशा में क़दम बढ़ा दिया।

# 33 नम्बरी

राम अधीन विश्वकर्मा

कुछ बच्चे अच्छे होते हैं। अच्छे बच्चे ख़ूब पढ़ते हैं। पढ़ने वाले ख़ूब तेज़ होते हैं। लेकिन कुछ बच्चे तेज़ होते हैं पढ़ाई से बचने में और इनमें से कुछ बचे हुए बच्चे होते हैं 33 नम्बरी। सेमेस्टर सिस्टम वाली जेनरेशन 33 के इस आँकड़े के सुखद एहसास का आभास भी नहीं कर सकती। क्योंकि जो अच्छे बच्चे ख़ूब पढ़ते हैं, उन्हें पास होने की ख़ुशी उतनी हुआ करती थी, जितनी भारत–पाक युद्ध में भारत की जीत। जो पढ़ते नहीं थे, उन्हें फेल होने का ग़म उतना होता था, जितना भारत–चीन युद्ध में भारत की हार। इनके बीच पढ़ने वालों की कुछ वे चुनिन्दा प्रजातियाँ भी थीं जिनका परीक्षा में बैठना नक्सलियों के साथ हुई मुठभेड़ के अनुभव से कम न हुआ करता था। जैसे बचे तो वे ख़ुश और न बचे तो नक्सली ख़ुश। ऐसों के टीचर्स, माँ–बाप और ख़ुद उन्हीं के लिए उनका पास होना, उतना ही बड़ा सस्पेंस हुआ करता था जितना कि भारत को आख़िरी बॉल में 2 रनों की ज़रूरत।

वैसे 33 नम्बरी होना कोई बच्चों का खेल भी नहीं था। 33 नम्बरी वही हो सकते थे, जिनकी मानवीय क्षमताएँ चरम पर हों। सबसे पहली क्षमता– कैसे भी करके पास होने की भूख को जगाना, दूसरी क्षमता–पेपर से एक रात पहले मोटी–मोटी बोर किताबों से आने वाले सम्भावित सवालों का सटीक अनुमान लगाना, तीसरी क्षमता–पूरे धैर्य का परिचय देते हुए दर्जन भर से ज़्यादा फर्रे तैयार करना, चौथी क्षमता–अतिरिक्त तैयारी के लिए बाज़ू के नीचे कलाई पर, हथेलियों

पर, उँगलियों के किनारों पर, कॉलर के नीचे, बैल्ट के पीछे, जुराबों में, आर–पार न दिखने वाले स्केल के पीछे, ज्योमेट्री–बॉक्स के नीचे जवाब लिख डालना और ग़ज़ब की याददाश्त के साथ यह भी याद रखना कि कौन–सा जवाब कहाँ मिलेगा, पाँचवीं क्षमता– आँखों को बेहद तेज़ रखना ताकि आगे वाले की कॉपी से टिपायी चालू रहे, छठी क्षमता–पेपर के दौरान दूसरों से पूछने के लिए आवाज़ उतने ही डेसिबल से निकालना जितना मास्टर न सुने, लेकिन बाज़ू वाला सुन ले, सातवीं क्षमता–कुछ सन्दिग्ध करते हुए पकड़े जाने पर परिस्थिति के मुताबिक़ चेहरे पर ऐसे कलात्मक भावों को पैदा करना कि पकड़ने वाले को ख़ुद अपनी ही ग़लती का एहसास हो, आठवीं क्षमता–मन–मन्दिर में बाप के 14 घूसे प्रति 9 सेकण्ड की मारक क्षमता की यादों को जीवित रखना और उसे याद रखते हुए कोशिशों के लंगर को 33 के जादुई आँकड़े पर ऐसे फँसाना कि अगली क्लास में टप्पा लग ही जाये। 33 के लिए पहाड़ जितनी कोशिशों के आगे, पास होने की ख़ुशी उन्हें क्या होगी जो बस पढ़े और पास हुए। आख़िर रेगिस्तान का प्यासा ही तो जानता है, पानी के क़तरे–क़तरे की क़ीमत।

बात उन दिनों की है जब हम पढ़ा करते थे। पढ़ते हम आज भी हैं, लेकिन अपनी मर्ज़ी से। तब पढ़ा करते थे दूसरों की मर्ज़ी से। जब जिसका जी आया, खेलते फ़रिश्ते को फटकारा और पढ़ने बैठा दिया।

तो जनाब, एक कस्बा था उत्तर प्रदेश का उस कस्बे से लगता हुआ एक छोटा–सा गाँव था शाहपुर। गाँव का एक घर, जिसे मलिकार दादा के घर के नाम से जाना जाता है। मलिकार इस परिवार की वर्तमान पीढ़ी के परदादा हुआ करते थे। एक ज़माने में इस परिवार की ख़ूब ख्याति हुआ करती थी। उस ज़माने में सबसे समृद्ध और आसपास के ज़िलों में भी, मलिकार दादा के अलावा कोई दूसरा ग्रेजुएट न था। समृद्धि इतनी थी कि इतना पढ़ा–लिखा होने के बावजूद मलिकार को घर से, अंग्रेज़ सरकार की नौकरी करने की इजाज़त नहीं मिली। इस परिवार के किस्से दूर–दूर तक मशहूर थे। मलिकार दादा की ख्याति ऐसी थी कि वह लोगों के बीच कहावतों की तरह भी याद किये जाते थे। मसलन, तब लड़कों को उनके घरों

पर फटकार लगाते वक़्त ये सुनाया जाता था कि 'तुं का पढ़ि–लिखि के मलिकार हो गयील हवा जे अब पढ़बा नहीं' या 'का तुं मलिकार भइल हवा जे काम नहीं करेक परी।' तब से अब तक बहुत कुछ बदल चुका है, समृद्धि का दौर जा चुका है, कहावतों से मलिकार दादा भी गुम हो चुके हैं। तब का हवेलीनुमा घर, अब कभी भी घुटने टेक बैठने को मजबूर दिखता है। ज़रूरतों की विवशता उसी परिवार से नौकरी भी करवा रही है। मलिकार के परिवार की चौथी पीढ़ी का चिराग़ है प्रबल। प्रबल को 'धिन्नू' के नाम से ज़्यादा जाना जाता है। गाँव के बूढ़े बताते हैं कि धिन्नू का मुखारविन्द कुछ–कुछ मलिकार दादा से मेल खाता है। उसे देख पुराने लोग अचानक मलिकार दादा की बातें छेड़ बैठते हैं। परिवार को भी उम्मीदें हैं कि धिन्नू एक बार फिर मलिकार दादा की तरह परिवार का नाम रौशन कर दिखायेगा।

लेकिन जनाब धिन्नू तो धिन्नू है। जैसे काग़ज़ की नाव नदी पार करा नहीं सकती, दीये की लौ जग को रौशन कर नहीं सकती, काला कौआ कोयल की तरह कूक नहीं सकता, कपास का फूल गुलाब की तरह महक नहीं सकता, उल्टे गिलास में पानी भर नहीं सकता, भौंकने वाला जन्तु राग भैरवी गा नहीं सकता, जैसे माटी का माधव बोल नहीं सकता, टट्टू डरबी में दौड़ नहीं सकता, उल्टा पंखा हवा दे नहीं सकता, टिड्डा शहद बना नहीं सकता, बरगद पर आम आ नहीं सकता और बगुला मोर जैसा नाच नहीं सकता, वैसे ही धिन्नू भी मलिकार जैसा हो नहीं सकता।

धिन्नू वैसे बहुत आज्ञाकारी बच्चा था, करता सब था और सबका कहा भी मानता था लेकिन पढ़ाई–लिखाई में उसका जी नहीं लगता था। पढ़ना उसके लिए सबसे बोझिल काम था। पढ़ने के लिए सुनी जाने वाली डाँट–फटकार उसके रूटीन में शामिल थी। पिता की आय कम थी फिर भी उनकी हिम्मत ही थी कि वह धिन्नू को कस्बे के सबसे महँगे स्कूल में पढ़ाते थे।

स्कूल की परीक्षाओं में धिन्नू का पास होना किसी बड़े सस्पेंस से कम नहीं होता था और नम्बरों के मामले में भी वह बड़ा सन्तोषी जीव था। पास होने लायक़ नम्बर भी बड़ी मुश्किल से आया करते

थे। कई बार तो एकाध नम्बरों का धक्का भी मास्टरों की ओर से लगाया जाता था और इस तरह होता था धिन्नू पास।

आलम यह था कि अच्छे नम्बरों से पास होने वाले बच्चों के गाल खींच मास्टर जी शाबाशी देते थे, लेकिन हर रिजल्ट के बाद धिन्नू का दाहिना कान मास्टर जी की महिमा से सुर्ख़ लाल होता था। आख़िर जिन 33 नम्बरों के सहारे उसकी नैया पार लगती थी। वह भी चिट, फर्रों और कुछ दया के नम्बरों के धक्के से ही मिलते थे।

लेकिन आज रिजल्ट निकलने के बाद धिन्नू की आँखें सजल हैं, हालाँकि वह हर साल की कान–खिंचाऊ परम्परा का आदि हो चुका था। लेकिन दया के नम्बरों और भरी कक्षा में मास्टर जी से मिले धिक्कार से उसका दिल टूट गया था। उससे भी ज़्यादा जैसे–तैसे मोटी फीस भरने वाले पिता के अरमानों पर खरा न उतर पाने की टीस उसे आहत कर रही थी। लिहाज़ा उसने मन बनाया कि ये ज़िल्लत वह अब नहीं सहेगा और अव्वल आकर ही दिखायेगा।

आज धिन्नू के घर एक नयी सुबह है। गुनगुने बिस्तर पर कुछ सोये हैं, कुछ उठ चुके हैं। आँगन में धुलते बर्तनों के खड़कने की आवाज़, बे–कसूर मैले कपड़ों की गरदन दबोच उनकी पटक–पटककर होती धुलाई की आवाज़, घर के गेट को ठेलकर उस पर झूलता बुआ का कच्छाधारी शरारती बच्चा। कहीं बहुत दूर से झगड़ती औरतों की आती धीमी–धीमी आवाज़ें। चूल्हे में सुलगते उपलों की महक। गली में सुबह–सुबह कबाड़ के लिए तरसते कबाड़ी की आवाज़ें। सूरज को अर्घ्य देकर मूक–स्वरों में कुछ बड़बड़ाती दादी और कनपटी पर बार–बार उड़कर आने वाली मक्खी की रागिनी, जो सोये हुओं को जबरन बिस्तर छोड़ने को मजबूर कर दे। धिन्नू के घर सुबह इतनी मनोहर होती थी।

पर घर वालों के लिए इससे ज़्यादा मनोहर एक बात और थी। आज घर में सूरज उत्तर से उगा था! अजी जनाब, घर में उत्तर वाला कमरा धिन्नू का था और आज वह जगा है सूरज से पहले। उसने जो क़सम उठाई थी, आज वह उसी को पूरा करने में जुटा है। पर किताबों से पढ़ कम वह उनसे जूझ ज़्यादा रहा है। उसे समझ नहीं

आ रहा कि A स्क्वैर प्लस B स्क्वैर इक्वल टू C स्क्वैर ही क्यों, D स्क्वैर, E स्क्वैर या E क्यूब क्यों नहीं? ab परपेंडिकुलर cd पर होते हैं, तो क्या फ़र्क़ पड़ता है? सुबह चार बजे से वह इसी उधेड़बुन में है और मन बनाया है कि वह आज मास्टर जी से जानकर रहेगा इसका रहस्य।

स्कूल का समय हुआ, पूरे रास्ते धिन्नू यही सोचता रहा कि आज मास्टर जी से क्या–क्या पूछना है, आख़िर धिन्नू ने ठान जो लिया था कि अब से वह अव्वल ही आयेगा। घण्टी बजी, मास्टर जी क्लास में दाख़िल हुए, कब से इन्तज़ार में भरा बैठा धिन्नू अचानक उस बाँध की तरह फूटा जो अब तक बड़ी मुश्किल से बाढ़ के पानी को सँभाल रहा था। मास्टर जी इससे पहले कि अपने अस्तित्त्व के धरातल को कुर्सी पर टिकाते, सामने की ओर से अचानक सवालों की बौछार होने लगी। अकसर क्लास रूम का ये नज़ारा नहीं होता था। वह भी ताबड़तोड़ सवालों की बौछार वहाँ से थी, जिसके नम्बरों का आँकड़ा कभी 33 के ऊपर चढ़ ही नहीं पाया था। धिन्नू अपनी ओर से तो तर्क ही कर रहा था, लेकिन वे तर्क मास्टर जी तक कुतर्क बनकर पहुँच रहे थे। लिहाज़ा मास्टर जी इस नतीजे पर पहुँचे कि बदमाश दूसरे बच्चों का समय बरबाद कर रहा है और मेरी टाँग खिंचाई करने की कोशिश कर रहा है। मास्टर जी ने छड़ी उठा ली, सवालों पर विराम लगा, कक्षा में सन्नाटा छा गया और अब तक पूछे गये बेतुके सवालों से ज़्यादा, मास्टर जी की छड़ी धिन्नू के बदन पर चली। बदन ज़ख़्मी हो गया, लाल–नीली लकीरें उभर आयी। बेचारे धिन्नू ने तो अपनी जिज्ञासा मिटाने की कोशिश की थी लेकिन उसके बदले पड़ी मार वह समझ नहीं पाया। चेहरे पर विस्मय के भाव, सजल नयन और भर आये गले से वह पूछ नहीं पाया कि ऐसा क्यों?

छड़ी बरसाते मास्टर जी के हाथ थम चुके थे। कक्षा में एक चेहरा गुस्से से लाल, दूसरा चेहरा विस्मय, प्रश्नवाची और रुदन के भावों से परिपूर्ण और अनेकों चेहरे मास्टर के इस रौद्र कोप को देख सफ़ेद जान पड़ रहे थे। कक्षा में मरणासन्न–सन्नाटा, जैसे कोई तूफ़ान आकर अभी–अभी गुज़रा हो।

पल भर का मौन और फिर अचानक मास्टर जी को एक ज़ोरदार धक्का और धक्के के साथ मास्टर जी धरा से जा लगे। मास्टर जी सकपका गये, कुछ क्षण को वह अपना अण्डाकार भूगोल हिला भी ना सके। धिन्नू के चेहरे पर अब एक अलग तेज था, चेहरे पर विस्मय और प्रश्न के भाव अब घोर क्रोध में बदल चुके थे। वह एक पल को मुड़ा और बस्ता उठाकर वहाँ से तेज़ी से दौड़ पड़ा। पीछे से अब तक सँभल चुके मास्टर जी की धमकियों और घुड़कियों की आती आवाज़ दूरी के साथ धीमी, धीमी और धीमी होती गयी। धिन्नू बस दौड़ता ही जा रहा था रेलवे स्टेशन की ओर। आँखों से निर्झरिणी बहे जाती थी, मन में कुछ न कर पाने की ग्लानि, कन्धों पर कुल की गरिमा को फिर जीवित कर पाने का बोझ और सबसे ज़्यादा तो अव्वल आने का वह संकल्प जिसने आज ही धिन्नू को सूरज से पहले जगा दिया था। इस वक़्त तो वह कुछ भी सोच पाने की स्थिति में नहीं था। इस समय वह सही–ग़लत की परिधि से उन्मुक्त था। दौड़ते क़दम स्टेशन जाकर रुके। जाने किस ट्रेन में वह बैठा, लेकिन जब आँखें खुलीं तो वह आगरा जा पहुँचा था। शहर बेगाना था, लोग अजनबी और पेट में भूख से उठती मरोड़ बड़ी पीड़ा दे रही थी। बार–बार घर की याद सता रही थी। पर अब तो दो दिन हो चुके थे, घर वापस क्या मुँह लेकर जायेगा, नाराज़ घर वालों का सामना कैसे करेगा, फिर उसी स्कूल में कैसे जायेगा जहाँ मास्टर जी को धक्का मार गिरा आया था। इन्हीं सवालों ने जैसे उसके पैरों को बाँध दिया था। लेकिन पेट की आग को बुझाना ज़रूरी था, लिहाज़ा एक दुकान पर जा पहुँचा। पैसे तो थे नहीं और भूख मिटाने की मजबूरी थी। वह अपनी नीयत से नियति को बदलने निकला था और क़िस्मत भी ऐसे लोगों के साथ होती है। धिन्नू ने ख़ुद्दारी दिखाई और एक दुकान पर काम माँगा, बालक अच्छे घर का लगता था, चेहरे पर चमक और मेहनत का वादा भी था। दुकानदार भी ज़रूरतमन्द था और सस्ते में सहायक मिल रहा था। लिहाज़ा कुछ सच और कुछ झूठ बोलकर उसका काम बन गया और इस तरह धिन्नू को दुकान में हेल्पर की नौकरी मिल गयी।

आह! क़िस्मत...ये वही धिन्नू था जो मलिकार दादा का वंशज

था, वही मलिकार दादा जो अंग्रेज़ों के ज़माने में ग्रेजुएशन कर गये थे और अंग्रेज़ों की शान और रुतबे वाली नौकरी ठुकरा दी थी। उन्हीं की चौथी पीढ़ी आज पंसारी की छोटी–सी दुकान में पेट भरने के लिए कुछ रुपल्ली की चाकरी कर रही थी। धिन्नू रात को सोता तो ये बातें उसके ज़ेहन पर घाव करती थीं, नयन छलक जाते थे, क्योंकि अब शहर अजनबी था, घर की थाली और पलंग नहीं, सूखी रोटी और ज़मीन पर बिछावन था। ये बातें उसे सोने नहीं देती थीं। अब वह दिन में काम और रात में ख़ूब जी लगाकर पढ़ने लगा। अब न डाँटने वाला कोई था और न ही समझाने और पुचकारने वाला, अब धिन्नू खुद अपना सहारा बनना सीख रहा था। कच्चा घड़ा इस बेगानी दुनिया की आग में झुलसकर पक्का हो रहा था। दिन भर की मेहनत के बाद बचे समय में किताबें उसके अकेलेपन की साथी हो गयी थीं। ओपन की पढ़ाई से वह पढ़ता गया और अब नम्बर भी सुधरने लगे थे।

धिन्नू को भागे हुए आज पूरे सात साल हो चुके हैं। इन सात साल के थपेड़ों ने उस नन्हे–नादान सुकुमार के बदन को कुछ तपा और कुछ गला डाला था। उसके चिकने चेहरे पर अब दाढ़ी उग आयी है, आवाज़ में वज़न बढ़ गया है, लड़कपन जा चुका है और यौवन का नया जोश आ चुका है। नादान धिन्नू ने हाल ही में अपना ग्रेजुएशन भी पूरा किया है। मलिकार दादा के बाद ख़ानदान की चौथी पीढ़ी में से कोई ऐसा कर पाया है। वह इन दिनों यूपीएससी की तैयारी में जी–जान से लगा है। इसकी तैयारी और पढ़ाई में आने वाले ख़र्च को पूरा करने के लिए आय के और विकल्प तलाशना उसकी मजबूरी बन गयी थी। आख़िर इन सात सालों में यही तो एक सपना था जिसके साथ धिन्नू जीता आया था। लिहाज़ा दुकान में काम करने के अलावा वह अब घरों में पेपर भी डालने लगा है। इससे जो थोड़ी–बहुत आय होती, वह उससे पुरानी किताबें ख़रीदता और उन्हें ख़ूब मन लगाकर पढ़ता। इसके अलावा न उसका कोई साथी था और न ही कोई शौक़। हाथ इतने तंग थे कि वह शहर के बड़े कोचिंग

सेंटर्स में जाने की सोच भी नहीं सकता था।

परीक्षा की घड़ी आयी और उसने पूरी बेबाकी और ईमानदारी से अपनी साधना और कड़ी मेहनत को आजमाया। सालों की मेहनत रंग लायी, समय की तपती भट्ठी से खरा सोना बाहर आया। ये वैसा ही अद्‌भुत सुकून था, जैसे मरु से तरु की कोपल फूट पड़ी हो, जैसे रज में सूरज का तेज़ समा गया हो, जैसे रेगिस्तान में सावन घुमड़ आया हो, जैसे मेहनत का अन्दाज़ बाज़ बनकर गगन की ऊँचाइयों को मापने की ज़िद लिये ऊँचा और ऊँचा उड़ा जाता हो। धिन्नू ने अपनी नीयत से नियती को बदल डाला था।

33 नम्बरी धिन्नू अपनी कर्म–स्थली आगरा से एकमात्र सफल अभ्यर्थी बनकर उभरा। वह आईएएस अधिकारी के तौर पर चुना गया था, यहाँ भी विधि का विधान तो देखिए कि 33 नम्बरी धिन्नू यानी प्रबल कुमार की रैंकिंग भी 33 ही निकली।

अब शहर में धिन्नू यानी आईएएस प्रबल कुमार के ख़ूब चर्चे थे, शहर के बड़े घरानों में भी उसकी पूछ होने लगी। एक–दो जगहों से तो उसके लिए रिश्ते भी आये। दूसरे लड़कों के लिए वह प्रेरणा बन गया था। इन सात सालों की कठोर तपस्या, अजनबियों की घुड़कियाँ, मालिक की फटकारें, सिर्फ़ पेट भरने के लिए घण्टों का श्रम, परिण ाम आते ही अचानक कल की बातें हो गये थे। अब वही लोग धिन्नू से बड़े अदब से बोलने लगे थे। कल तक घुड़कियाँ जमाने वाले वही लोग धिन्नू का सत्कार करने लगे। रातो–रात धिन्नू के जीवन में आया ये ऐसा बदलाव था, जैसे किसी फ़कीर की ताजपोशी हो गयी हो, जैसे बूँद–बूँद तरसने वाले को नदी मिल गयी हो, जैसे अकाल के भूखे को राजसी भोग की दावत मिल गयी हो, जैसे किसी अन्धे को नैसर्गिक बहार दिख गयी हो और जैसे देखा हुआ हर सपना वरदान बनकर सत्य हो रहा हो।

अभी महीने भर पहले तक का कष्ट और सालों के श्रम का उसे कोई मलाल नहीं था, उसे विधि से कोई शिकायत भी नहीं थी और ऐसा होता भी क्यों न! आख़िर जीवन के यही थपेड़े तो थे जिन्होंने उसके व्यक्तित्त्व को गढ़ा था। मसूरी की हसीन वादियों में ट्रेनिंग के

दौरान वह जैसे एक नयी तरह की दुनिया का आनन्द ले रहा था। दूसरे साथियों से अलग उसमें कोई अफ़सरी रोब नहीं था, तन पर दिखावे के लिए महँगा आवरण नहीं था, कोई महँगा शौक़ नहीं और न ही छोटे कर्मचारियों से बोलचाल में कर्कशता थी। उसके इसी दिलकश अन्दाज़ की वजह से हर छोटे–बड़े कर्मचारी से उसे स्नेह और सम्मान मिलता था। दूसरों के साथ अपनों जैसे व्यवहार की वजह शायद यही थी कि न कभी धिन्नू से कोई मिलने आया करता था, न कोई चिट्ठी और न ही कभी कोई फ़ोन से उसका हाल–पता लिया करता था। उसे ये कमी शायद खलती भी नहीं थी क्योंकि वह इन सालों में इस तरह के अकेलेपन का आदि हो चुका था। बस जिससे भी मिलता, उसमें अपनापन ढूँढ़ लिया करता था। जल्द ही एकेडमी की ट्रेनिंग ख़त्म होने का समय नज़दीक आ गया। ये महीने कैसे लम्हों की तरह गुज़र गये कि पता भी नहीं चला। परम्परा के मुताबिक़ अकसर पोस्टिंग गृह–ज़िले से अलग ही मिलती आयी है, प्रबल कुमार तो अब आगरा से थे, अब तक उनकी कर्मस्थली भी वही रही थी और अब एक नयी कर्मस्थली की ओर प्रस्थान करने का समय था। ट्रेनिंग ख़त्म होने पर कैडर को पोस्टिंग लैटर्स दिये गये, लगभग सभी को अपने–अपने गृह–ज़िले से राज्य के दूसरे छोर पर पोस्टिंग मिली थी। उस भीड़ में सभी के चेहरे पर एक नयी शुरुआत की ख़ुशियाँ थीं, उत्सुकता थी और आनन्द की लालिमा थी। पर उस आनन्दमयी हलचल में एक ऐसा चेहरा भी था जो अब तक सुर्ख़ पीला पड़ चुका था, ख़ुशियाँ नहीं, उत्सुकता नहीं और आनन्द की लालिमा भी नहीं थी। वह कोई और नहीं प्रबल था। पोस्टिंग उसे भी मिली थी पर हर एक से अलग अपने ही गृह–ज़िले में!

नहीं–नहीं आगरा में नहीं, वह गृह–ज़िला जिसे वह कभी बहुत पीछे छोड़ आया था। वक़्त अब लौट जाने का था।

दिल में वापस लौट जाने का संकोच तो था, लेकिन कर्तव्य को निभाने का दबाव भी था। ज्वाइनिंग डेट पर रिपोर्ट करना ज़रूरी था, लिहाज़ा आईएएस प्रबल कुमार ट्रेन में बैठे और वहाँ के लिए निकल पड़े जहाँ कभी नादान धिन्नू रहा करता था। आख़िर ये उनकी नयी

कर्मस्थली भी तो होने वाली थी। सफ़र के दौरान बचपन की यादों में गुम प्रबल की जाने कब आँख लग गयी। आँखें खुलीं तो वैसी ही शाम थी और वही स्टेशन था, जहाँ से बिलखता हुआ एक नादान बच्चा अपनों से विमुख हो भाग निकला था। उसे जैसे ये कल की ही बातें लग रही थीं।

गाड़ी स्टेशन पर रुकी। नये कलेक्टर प्रबल कुमार के स्वागत के लिए कस्बे के नामी लोगों का हुजूम उमड़ पड़ा था, स्वागत में पहुँचे लोगों में एक अजीब–सी होड़ दिखाई पड़ती थी। सात साल पहले जिस बालक का हाथ पकड़ने वाला कोई नहीं था, आज उसके लिए ही शहर पलकें बिछाये राह ताक रहा था। स्वागत करने वालों में सबसे आगे किसी बड़े स्कूल के प्रिंसिपल साहब खड़े थे। उन्हें देखते ही कलेक्टर प्रबल कुमार के हाथ से बैग छूटकर ज़मीन पर गिर गया, माथे पर पसीने की कुछ बूँदें उभर आयीं, लगा कि जैसे गश खाकर ज़मीन पर ही गिर पड़ेंगे और ऐसा होता भी क्यों न, सात साल पहले बदन पर पड़ी छड़ी की मार का दर्द फिर से हरा जो हो गया था। माला लिये खड़े प्रिंसिपल साहब कोई और नहीं धिन्नू के वही पुराने गणित के मास्टर जी थे, जिन्हें वह भरी क्लास में धक्का मार वहाँ से भाग निकला था। ये वही तो थे जिनकी वजह से उसने अपना गाँव–घर छोड़ा था, आज वही बाँहें उठा, माला थाम स्वागत करने को विकल दिख रहे थे। आश्चर्य तो यह था कि जिस धिन्नू को देखते ही उनका पारा चढ़ जाया करता था, ब्लड प्रेशर उछाल मारता था और जिस पर डण्डे बरसाते समय उन्हें ज़रा भी दया नहीं आती थी, आज वही हमेशा गुस्से से सुर्ख़ लाल रहने वाली आँखें 'नालायक़' धिन्नू को पहचान नहीं पा रही थीं। कलेक्टर प्रबल कुमार ने इस राज़ को फ़िलहाल राज़ ही रहने दिया।

वहाँ से निकल उसका मन अचानक घर, अपने उसी पुराने घर जाने को विकल हो उठा, जहाँ जाने से वह इन सालों में संकोच करता रहा। कलेक्टर साहब का लाव–लश्कर मलिकार दादा के दरवाज़े पर जाकर रुका तो सामने वही अपने थे जिनसे एक बार मिलने को धिन्नू तरस चुका था। पिता बाहर आये तो दरवाज़े पर कलेक्टर

साहब को देख हाथ जोड़ उनका अभिवादन करने लगे। जुड़े हाथों को धिन्नू ने अपनी हथेलियों में थाम लिया। ये वही मज़बूत हाथ थे जिन पर धिन्नू बचपन में झूल जाया करता था। आज वही पिता के कमज़ोर पिलपिले बूढ़े हाथ सामने जुड़ा देख उसकी पलकें नम हो गयीं। कलेक्टर प्रबल ने बुज़ुर्ग को धीरे से पापा कहकर पुकारा। एक पल को माहौल में सन्नाटा छा गया। अब कण्ठ इधर भी और उधर भी रुँध गये थे और संवाद सजल नयनों से हो रहे थे, क्योंकि ये बेटा नहीं, कुल की गरिमा लौट आयी थी, मलिकार दादा के आँगन में वही मान और खुशियाँ लौट आयी थीं।

बुज़ुर्गों ने कहा था कि कोशिशें कभी जाया नही जातीं। चौथी पीढ़ी के बाद यानी मलिकार दादा के बाद अब प्रबल कुमार लोगों की कहावतों में याद किये जाते हैं। इतिहास ने खुद को मानो दोहरा दिया है...।

# आदमी जो बादल बन गया

आकाश कुमार

उसकी नींद अचानक खुल जाती है। पसीने से भीगा हुआ वो ख़ुद को अपने बिस्तर पर पाता है। कूलर का पानी ख़त्म हो गया है। पंखा ऐसे चल रहा है मानो अहसान कर रहा हो और हवा देने से उसका कोई वास्ता ही न हो। वो चारों ओर देखता है। कैलेंडर, घड़ी, बुक शेल्फ़ पर किताबें, दीवार पर चिपका बॉब मार्ले मानो सब जैसे उस पर हँस रहे हों और उस सपने को भी जानते हों, जो उसने अभी–अभी देखा था। अपने ही कमरे में अजीब महसूस होता है उसे। वो भागकर बालकनी में आ जाता है। बालकनी में खड़ा सिगरेट पीता हुआ वो अपने सपने के बारे में सोच रहा है। वो क्यों बार–बार ये सपने देखता है।

एक बिल्ली है जो सपने में लगातार उसे घूरती रहती है। बिना कोई आवाज़ निकाले। बालकनी की रेलिंग पर बैठी बिल्ली की आँखें उसे सम्मोहित करती हैं और वो उस सम्मोहन से बाहर आने की कोशिश करता है। वो बिल्ली की तरफ़ बढ़ता है। बिल्ली उठकर चली जाती है। कई महीनों से ये सपना उसे लगातार आ रहा है।

घड़ी में सुबह के आठ बज रहे हैं। नौ बजे का ऑफ़िस है। आधा घण्टा ट्रैवल में लगेगा। वो तेज़ी से टॉयलेट में घुसता है। नहाना आज फिर स्किप करना पड़ेगा। वो तेज़ी से तैयार होकर ऑफ़िस के लिए निकल पड़ता है।

ये रोज़ का रूटीन है उसका। मेट्रो में रोज़ उसे नये लोग मिलते

हैं, लेकिन हर चेहरे में उसे एक ही इनसान का चेहरा नज़र आता है। कौन है ये इनसान? सुबह ऑफ़िस के लिए तैयार होते समय शीशे में भी उसे यही इनसान नज़र आया था। ऑफ़िस में भी वही इनसान, बाहर सड़कों पर भी वही, अस्पतालों में भी वही, बाज़ारों में भी वही। सपने की वो बिल्ली और हक़ीक़त का ये इनसान, ये इनसान और वो बिल्ली... सब गड्ड–मड्ड हो जाता है। उसे कुछ समझ नहीं आता। वो ऑफ़िस पहुँच जाता है।

अटेंडेंस लगाते ही उसके पाँव उसे अपनी टेबल पर ले जाते हैं। उँगलियाँ कम्प्यूटर ऑन करती हैं। उसका दिमाग़ फाइलों में उलझ जाता है। कंसल्टेंसी की इस फर्म में आधा घण्टे का लंच ब्रेक होता है। ऑफ़िस की कैंटीन के बाहर उसे रोज़ की तरह अमित मिलता है, जो 10 मिनट में अपना खाना निपटाकर बाहर सिगरेट पी रहा है और आते–जाते लोगों को टोक रहा है, ''अरे भई कुमार, सब सई?''

अमित उसे टोकता है। वो अमित को देखकर मुस्कुराते हुए सिर हिलाता है। अमित के चेहरे से वही इनसान उसे झाँकता दिखाई देता है। शाम ढले वो वापस घर लौटता है। बिल्डिंग के बाहर ही उसे मकान–मालिक बंसल मिल जाता है। बंसल अपना धमकी भरा प्रस्ताव लेकर आया है, जो वो मुस्कुराते हुए उसे थमा देता है। अगले महीने से किराये में पाँच हज़ार और। वो अपना महीने भर का बजट जोड़ रहा है, नहीं तो और ज़्यादा अफॉर्ड नहीं कर सकता। 30 हज़ार रुपये की नौकरी में 15 हज़ार किराये के ही देने पड़ें तो वो बचाएगा क्या? उसे तो 10 हज़ार ही ज़्यादा लग रहे थे, लेकिन अंजलि के कहने पर उसने वो फ़्लैट ले लिया था कि यहाँ से अंजलि का घर और ऑफ़िस, दोनों नज़दीक हैं। उसने सोच लिया कि अब अगले महीने से नया ठिकाना ही ठीक रहेगा।

संडे की सुबह उसने सोचा था देर तक सोयेगा, लेकिन फिर से वही बिल्ली का सपना। वो जाग जाता है। अमित का फ़ोन आ रहा है। वो बात करता है। शाम को उसे दो घण्टे के लिए कुमार का कमरा चाहिए। 'फुर्सत के पल' बिताने के लिए। वो हाँ कर देता है। चाबी डोरमैट के नीचे छोड़ जायेगा वो। आज की शाम वो क्या करेगा,

उसे समझ नहीं आता। चार बजे ही वो कमरे से निकल जाता है। बाहर सड़कों पर टहलता है। लोग नज़र आते हैं, लेकिन वो किसी की तरफ़ देखना नहीं चाहता। हर चेहरे में वही इनसान। सामने एक पार्क है। वो अन्दर जाकर एक बेंच पर बैठ जाता है। वो उन बच्चों का चेहरा देखता है। हर बच्चे का चेहरा अलग है। बिल्कुल वैसा ही, जैसे वे बच्चे दिख रहे हैं। उत्साह से लबरेज़ फुटबॉल के पीछे भागते उन बच्चों के चेहरे उसे अच्छे लगते हैं। लेकिन तभी उसे डर लगने लगता है। लगता है जैसे इनका चेहरा भी कुछ सालों बाद उसके, अमित और बाकी लोगों की शक्लों में बदल जायेगा।

वो आसमान में उड़ रहा है। बादलों के बीच। ऊपर से अपने शहर को देखता है। इनसानों की दुनिया को देखता है। उसे 'इन टू दि वाइल्ड' फ़िल्म का क्रिस्टोफ़र याद आता है, जो अपनी पढ़ाई, कैरियर, पैसा और परिवार, सब छोड़कर अलास्का के जंगलों–पहाड़ों में चला जाना चाहता है। उसे क्रिस्टोफ़र से रश्क होता है। उसे भी क्रिस्टोफ़र जैसी मौत चाहिए। जंगल में अकेले शान्त सूरज को देखते हुए, इनसानों से दूर। बादलों की दुनिया उसे अपनी दुनिया लगती है। वो यहीं रह जाना चाहता है।

आँख खुलती है। वो बेंच पर बैठा–बैठा सो गया है। आठ बज गये हैं। अब बाहर खाना खाकर ही वापस फ़्लैट पर लौटेगा। तब तक नौ बज जायेंगे। अमित भी जा चुका होगा। सड़क पर निगाहें नीची किये वो चला जा रहा है। अंजलि अब भी उसकी ज़िन्दगी में होती तो उसकी शाम ऐसी नहीं होती। संडे की शामें पहले कभी ऐसी नहीं बीतीं। सब कुछ पहले जैसा होता तो शायद वो किसी नयी जगह अंजलि के साथ डिनर पर होता।

ढाबे के अन्दर जाकर उसने खाने का ऑर्डर दिया और एक खाली टेबल पर आकर बैठ गया। फ़ोन बजता है। अमित का मैसेज आया है, "थैंक्स ब्रो।"

## एक महीने बाद

नया फ़्लैट उसे अच्छा लग रहा है। सात हज़ार में ऐसा फ़्लैट उसे

असम्भव–सा लग रहा है। पिछले फ़्लैट के मुक़ाबले सीधे आधी बचत। उसके फ़्लैट पर कोई नहीं रहता, उसके सिवा। पाँचवाँ फ्लोर है, शायद इसलिए। लेकिन कल फर्स्ट फ्लोर वाले एक किरायेदार ने उससे कहा कि पाँचवें फ्लोर पर कोई चुड़ैल है। तभी मकान–मालिक ने उसे इतने सस्ते में किराये पर दे दिया। उसे हँसी आती है। आज भी ऐसे लोग हैं। वो भी दिल्ली जैसे शहर में। गाँवों में तो उसने ख़ूब कहानियाँ सुनी हैं भूत–प्रेतों की, लेकिन कहाँ गाँव के अनपढ़ भोले–भाले लोग और कहाँ शहर के ये तेज़–तर्रार लोग। क्या कुछ भी नहीं बदला वो उदास हो जाता है सोचकर।

हर शाम की तरह वो ऑफ़िस से लौटकर कमरे में दाख़िल होता है। कमरे की लाइट पहले से ऑन है। वो चौंकता है। सुबह तो सारी लाइटें वो याद से ऑफ करके जाता है। हमेशा की तरह ख़ुद पर शक करता है। उसी की ग़लती होगी। भूल गया होगा। रात का खाना उसने ख़ुद बनाया है। कल संडे है, कोई अच्छी–सी फ़िल्म देखकर कल सुबह देर तक सोयेगा। बालकनी में खड़ा सिगरेट पी रहा है, तभी कोने में एक बिल्ली दिखाई देती है। बिल्कुल उसके सपने जैसी। वैसा ही रंग, वैसी ही आँखें। सम्मोहित करने वाली। बिल्ली घूरे जा रही है। उसे लगता है कि बिल्ली अभी उस पर हँस पड़ेगी। उसकी हिम्मत नहीं पड़ती कि बिल्ली को भगाये या उसकी तरफ़ जाये। बिल्ली उसे ऐसे देख रही थी, जैसे उसे कितना गिरा हुआ मान रही हो। तभी वो बालकनी की लाइट ऑन करता है और तभी बिल्ली उससे नज़रें फेरकर कमरे से होती हुई बाहर निकल जाती है। वो कमरे में वापस आता है। अमित का मैसेज है अगले दिन उसे फिर से कुमार का फ़्लैट चाहिए। उसका अब फ़िल्म देखने का मन नहीं है। वो रिप्लाई में ओके लिखता है और सो जाता है।

अमित शाम को चार बजे आने को कहता है। वो साढ़े तीन बजे डोरमैट के नीचे चाभी छोड़कर निकल जाता है। 'मॉल' कहकर वो एक ऑटो रोकता है। आज ख़ुद के लिए कुछ कपड़े ख़रीदेगा वो। साढ़े चार बजे होंगे। अमित का फ़ोन आया, "कुमार भाई, मैं तो जा रहा हूँ। आप सँभालो अपना कमरा।" और फ़ोन कट जाता है।

"इसे क्या हुआ?" उसे बहुत अजीब लगता है। क्या मकान–मालिक ने कुछ कहा? वापस लौटकर वो अमित को फ़ोन लगाता है। अमित ने जो कहा, उस पर भरोसा करना उसके लिए असम्भव है। बिल्ली तो उसने भी देखी थी कल, लेकिन बिल्ली का औरत में बदल जाना!

थोड़ा डर भी लगता है उसे। बालकनी में टहलकर आता है कि कहीं कुछ नहीं! क्या कल मकान–मालिक से बात करे, लेकिन उससे कहेगा क्या, जब तक उसे ख़ुद ऐसा न महसूस हो। खाना बनाने का मन नहीं है उसका, आज बाहर ही खाना खायेगा। उसे पिछली शाम का लाइट ऑन होना याद आता है। चीज़ों को कनेक्ट करता है वो। क्या वो डर रहा है? उसे ग़ुस्सा आता है ख़ुद पर, 'क्या चूतियापा है?' वो इस बारे में सोचना छोड़ने की कोशिश करता है। कोई गाना गुनगुनाता है। अगली सुबह ऑफ़िस के लिए निकलने से पहले वो सारी लाइट्स ध्यान से बन्द करता है। अमित की बात गयी नहीं है दिमाग़ से।

शाम को जब लौटकर उसने अपने फ़्लैट का दरवाज़ा खोला, तो ऊपर से नीचे तक सुन्न पड़ गया। फ़्लैट का एक–एक कोना लाइट से नहा रहा था। वो नीचे की तरफ़ लौटा कि फर्स्ट फ्लोर पर रहने वाले मकान–मालिक को सब कुछ बता दे। मकान–मालिक के दरवाज़े पर खड़े होते ही उसे लगा कि वो मकान–मालिक से कहेगा क्या। क्या वो लाइट से डर रहा है। क्या है जिससे वो बचना चाहता है और बचकर कहाँ जाना चाहता है? कौन–सी दुनिया में? वो वापस लौट आता है। कमरे में लाइट्स पहले की तरह ऑन हैं। वो रोज़ की तरह घर का काम करता है। खाना बनाता है। सिगरेट पीता है और उसे कुछ भी नया नहीं लगता। सब सामान्य है।

रात अचानक उसकी नींद खुलती है। वही सपने वाली बिल्ली। वो घड़ी देखता है। रात के ढाई बज रहे हैं। प्यास लगती है। उठकर किचेन में जाता है। फ्रिज से पानी निकालकर पी रहा होता है कि उसके पैरों के पास से एक बिल्ली निकलकर भागती है। वो देखता है वही सपने वाली बिल्ली। वो उसके पीछे–पीछे जाता है। बिल्ली बालकनी में चली जाती है। वो बालकनी में जाता है। वहाँ कोई बिल्ली

नहीं है। एक लड़की खड़ी है वहाँ। लम्बे बालों और सफ़ेद कपड़ों में। ठीक वैसी, जैसी फ़िल्मों में भूतों को दिखाते हैं।

उसका दिमाग़ घूम जाता है। वो भागकर कमरे में घुसता है। पीछे से आवाज़ आती है, ''डरो मत, मुझसे बात करो।'' वो पसीने से भीगा हुआ बिस्तर पर बैठा है और सामने वही लड़की खड़ी है।

इसके बाद वही हुआ, जो फ़िल्मों और टीवी सीरियलों में पाया जाता है। लड़की ख़ुद को किसी काजल नाम की लड़की की आत्मा बताती है, जिसने इसी कमरे में आत्महत्या कर ली थी।

काजल की आत्मा ने उसे बताया कि उसे भी हर किसी में एक ही चेहरा नज़र आता था। वो भी इस दुनिया से ऊब गयी थी। उसकी नज़र में ये दुनिया गटर में खद–बद कर रहे कीड़ों की दुनिया थी, जहाँ कोई किसी को नहीं पहचानता। किसी को भी नहीं पता कि वो क्या कर रहा है। हर कोई जैसे किसी मशीन का पुर्जा है। मशीन चल रही है और पुर्जे हिल रहे हैं। कुमार ने उससे कहा कि वो तो बिल्कुल उसके मन की बात कर रही है। क्या अब उसकी दुनिया अच्छी है, जहाँ काजल की आत्मा रह रही है। इस सवाल पर काजल ने कहा कि उसकी दुनिया बादलों की दुनिया है। वहाँ लोग नहीं हैं, सिर्फ़ बादल हैं। वो ख़ुद भी एक बादल है, जो बनता है और बरसता है। फिर बनता है और फिर–फिर बरसता है।

कुमार को लगा, जैसे उसकी सारी इच्छाएँ पूरी हो गयी हों। उसे जो चाहिए था, उसे मिल गया हो। वो रास्ता जिस पर उसे चलना था, वो उसे दिखाई दे रहा था।

''क्या तुम मेरी दुनिया देखना चाहोगे?'' उस सफ़ेद आकृति ने पूछा। कुमार ने कुछ नहीं कहा। सिर्फ़ अपना हाथ आगे बढ़ा दिया। वो आकृति कुमार का हाथ थामकर आगे बढ़ चली। रेलिंग के ऊपर दोनों साथ खड़े थे।

''आओ, उड़ चलें उन बादलों के बीच।'' उस आकृति ने कहा। थोड़ी देर बाद कुमार ने ख़ुद को बादलों के बीच पाया। वो लड़की साथ नहीं थी। चारों ओर बादल–ही–बादल। उसने नीचे देखा, कहीं कोई शहर नहीं। शहर का नामो–निशान नहीं। उसे अपनी आत्मा

तक सुकून का एहसास हुआ। उसे यहीं आना था। शायद यही वो अवस्था थी, जिसे आनन्द कहते हैं। उसने बरसना चाहा और बूँदों–बूँदों में बरस गया। इधर ज़ोर की आवाज़ सुनकर उसकी बिल्डिंग के आस–पास के लोग जमा हो गये थे। थोड़ी देर बाद पुलिस आयी। अगले दिन अख़बारों में छपा, "युवक ने पाँचवीं मंज़िल से छलाँग लगाकर आत्महत्या कर ली।"

कुमार का सहकर्मी पुलिस वाले को बता रहा था कि कुमार पिछले काफ़ी समय से डिप्रेशन में थे।

कुमार कहीं बादल बनकर सब कुछ देख रहा था और सब पर हँस रहा था।

# हैप्पी एंडिंग

आनन्द विजय दुबे

अमरीश पुरी ने थरथराती आवाज़ में कहा, ''जा बेटा, जी ले अपनी ज़िन्दगी!'' और सिमरन का हाथ छोड़ दिया। सिमरन ने एक क्षण अमरीश पुरी की आँखों की ओर देखा। जैसे उसे विश्वास ही नहीं हो रहा हो। लेकिन अमरीश पुरी ने नज़रें नहीं मिलाईं। वह शायद राज को देख रहा था, ''जा बेटा सिमरन, जी ले अपनी ज़िन्दगी।'' और सिमरन बेसाख़्ता उस ओर दौड़ पड़ी। ट्रेन चल पड़ी थी, राज ने हाथ बढ़ाया है और सिमरन दौड़ रही है। और आख़िरकार उसने राज का हाथ पकड़ ही लिया। इतने संघर्ष के बाद, इतनी पिटाई और विरोधों के बावजूद राज के प्यार की जीत हुई। हैप्पी एंडिंग।

यह फ़िल्म का दृश्य नहीं है, बल्कि गीता–कुरान की आयत है। युवाओं के दिल–दिमाग़ में छपी हुई दास्तान है। प्रेम का महाकाव्य है। राज की आँखें अपने प्यार की गहराई को बयान करती हुई आँखें हैं। जो पूरी तीन घण्टे की फ़िल्म, तमाम गानों और लटकों–झटकों में नहीं कह पायी, उसे राज की आँखों ने ख़ामोश रहकर बिना कुछ कहे–बोले ही कह दिया।

प्यार एक ऐसा जज़्बा है जो इनसान को बदलकर रख देता है। कोई अगर पूछे कि दुनिया का सबसे बड़ा मोटिवेशनल फोर्स क्या है? वह कौन–सी ताक़त है जो इनसान को बदलकर रख देती है? तो इसका जवाब है प्यार।

अब डीडीएलजे यानी 'दिलवाले दुल्हनियाँ ले जायेंगे' को ही

लो। राज कोई अच्छा लड़का या सज्जन पुरुष तो था नहीं। सज्जन तो क्या ऐसा भी नहीं था कि कोई उससे प्रभावित हो। उसके जैसा बनना चाहे। न पढ़ने–लिखने में तेज़। न बड़े–बुज़ुर्गों का लिहाज़। अव्वल दर्जे का बदतमीज़। अब आगे क्या कहें, आप सबने यह कहानी देखी होगी। फ़िल्म चली, ख़ूब चली। लेकिन हॉल से निकलने के बाद लगा कि कुछ छूट गया।

कैसा होता अगर यह फ़िल्म आगे चलती रहती। मुझे लगता है कि इसे मुकम्मल बनाने के लिए आधे घण्टे की कहानी और दिखानी चाहिए थी। यह दिखाना चाहिए था कि राज और सिमरन अपनी हैप्पी लाइफ़ कैसे जीते हैं। राज तो कॉलेज में फेल हो गया था न? तो आगे क्या वह सिंसियर और पढ़ाकू हो गया या ज़िम्मेदार आदमी की तरह अपने पापा के बिजनेस में हाथ बँटाने लगा। अच्छा इनसान बन गया। ऑफ़िस से सही समय पर घर आने लगा। बीवी सिमरन के काम में हाथ बँटाने लगा। बच्चों को भी वक़्त देने लगा और इस प्रकार का वह एक अच्छा आदमी, अच्छा पति और अच्छा पिता बना।

ख़ैर, इसमें कोई दो राय नहीं कि प्यार में ऐसी ताक़त होती है जो नालायक़ को लायक़ बना दे। खिलन्दड़ को गम्भीर, छिछोरे को पढ़ाकू और सलीक़ेदार बना दे। अगर ऐसा नहीं होता तो क्यों एक चोर (अजय देवगन) जेल जाने का रिस्क लेकर, केवल काजोल की ख़ुशी की ख़ातिर हीरों का हार वापस कर देता या काजोल उसे जेल जाने से बचाने के लिए वह हार बेच देती या पुलिस ऑफ़िसर को दे देती। उफ्फ! वे आँखें... ''कुछ–कुछ होता है राज, तुम नहीं समझोगे।''

इक्कीसवीं सदी शुरू होने में तीन साल रह गये थे। कॉलेज में कैरियर बनाने का बड़ा दबाव था–पढ़ाई, कॉम्पिटिशन की तैयारी, अंग्रेज़ी की कोचिंग और उस पर 'दिल तो पागल है' का रिलीज होना। दुनिया में हर किसी के लिए कोई–न–कोई जोड़ी होती है और जब वह सामने आती है तो उसका पता कैसे चलता है? ऊपर वाला इशारा करता है। ''कोई लड़का है जब वो गाता है, सावन आता है। घुमड़–घुमड़–घुम–घुम चाक धूम–धूम चाक धूम–धूम चाक''. ..गीत–संगीत ख़त्म हो गया, केवल मूसलाधार बारिश जारी है, नायक

भीग रहा है...।

उन्हीं दिनों एक किस्सा सुना था। यह कहानी नहीं एक सच्ची बात है। एक लड़का था–बहुत शरारती। पढ़ाई–लिखाई से उसका दूर–दूर तक नाता नहीं था, लेकिन अंग्रेज़ी की क्लास रोज़ अटेंड करता। उसकी अंग्रेज़ी की टीचर बहुत ख़ूबसूरत थी। वह पूरी कक्षा बैठे–बैठे उसे देखता रहता।

एक दिन वह भरी कक्षा में अपनी टीचर को प्रपोज कर बैठा, ''मैडम, मैं आपसे शादी करना चाहता हूँ।'' और पूरी क्लास अवाक् रह गयी। उसे भी लगा कि अब ज़ोरदार चाँटा पड़ेगा।

वह मानसिक रूप से चाँटा खाने के लिए तैयार था और रेस्टिकेट होने के लिए भी।

आश्चर्य! मैडम सँभलकर बोलीं, ''लेकिन मैं तुमसे शादी नहीं कर सकती। तुम कहाँ...अपने आपको देखो। मैं तो एक आईएएस से शादी करूँगी।'' और उस लड़के ने क्लास से निकलते हुए कहा, ''मैडम, प्लीज दो साल रुक जाइए।'' और पूरी क्लास गवाह है कि वह लड़का रिकॉर्ड समय में आईएएस बन गया। पूरा कॉलेज गवाह है एक ऐसी लव–स्टोरी का। प्यार की ताक़त का जिसने एक बिगड़ैल को दिशा दी।

हर किसी व्यक्ति को, हर लड़के को जीवन में आगे बढ़ने के लिए एक तगड़े मोटिवेशन की ज़रूरत होती है। प्यार से बड़ा और क्या मोटिवेशन हो सकता है?

हमारे कॉलेज में एक ऐसा ही लड़का था। चन्दू नाम था उसका। काला, दुबला, पतला लेकिन मुँहफट। कक्षा के नालायक़ों में उसका नाम लिया जाता। वह शिक्षकों से बदतमीज़ी करता, लड़कियों पर टॉन्ट कसता।

उसके सुधरने का कोई चांस नहीं था। लेकिन वह जहाँ भी होता, दोस्तों से घिरा होता। अपनी हाज़िरजवाबी से सबको हँसता–हँसाता रहता। लड़कियाँ उससे ख़ौफ़ खाती थीं। उसके डर से कॉलेज के सांस्कृतिक कार्यक्रमों में लड़कियाँ भाग नहीं लेती थीं। इधर लड़की ने स्टेज पर गाना शुरू किया, ''ऐ काश किसी दीवाने को हमसे भी

मोहब्बत हो जाये...'' तभी पीछे से चन्दू की आवाज़ आती, ''कुछ खा–पी ले।'' सब हँस पड़ते और लड़की नर्वस हो जाती। लेकिन विजयलक्ष्मी डरने वालों में नहीं थी। विजयलक्ष्मी यानी पढ़ाई में टॉपर, भरतनाट्यम में दक्ष। उन दिनों उसे जाने क्या सनक सवार हुई, वह सभी कार्यक्रमों में भाग लेने लगी– दौड़ में, खेल–कूद में, गाने में और वाद–विवाद में भी। लड़कियाँ आमतौर पर गिने–चुने इवेंट में ही भाग लेतीं। तिस पर लड़कों द्वारा हूट किये जाने का डर, लेकिन विजयलक्ष्मी ने मन–ही–मन इस हूट से निपटने की ठान ली। प्रतियोगिताओं में कोई स्थान आये या न आये, स्टेज पर खड़ा होना है, हूटिंग के बीच कोई सुने या न सुने अपनी बात कहनी है मानो अकेली विजयलक्ष्मी चन्दू एण्ड पार्टी को चैलेंज दे रही हो।

वाद–विवाद प्रतियोगिता थी। विजयलक्ष्मी स्टेज पर खड़ी बोल रही थी, ''साथियो, मैं यहाँ इसलिए आयी हूँ...'' पीछे से आवाज़ आयी, ''फॉर डांसिंग।'' और वह आगे की लाइनें भूल गयी। उसने फिर से अपनी बात शुरू की, ''साथियो, मैं यहाँ...'' बीच में माइक बन्द हो गया। लेकिन वह हिम्मत नहीं हारी। तमाम व्यवधान के बीच उसने अपना भाषण पूरा किया। ग़ज़ब की ज़िद्दी लड़की थी।

रात को सांस्कृतिक कार्यक्रम हुआ। विजयलक्ष्मी ने भरतनाट्यम की पोशाक पहनी थी। उसने शास्त्रीय संगीत के साथ बहुत सधा हुआ नृत्य प्रस्तुत किया।

शास्त्रीय नृत्य वैसे भी बहुतों को बोरिंग लगता है, फिर हॉल में पीछे से हूट करने की आवाज़ें और सीटियाँ... विजयलक्ष्मी पर कुछ ज़्यादा ही मेहरबान थीं, जैसे–तैसे नृत्य समाप्त हुआ। बाद के आइटम में किसी ने गिटार बजाया, किसी ने गाना गाया।

अगली शाम को सांस्कृतिक कार्यक्रम का दूसरा भाग प्रस्तुत हुआ। उस दिन चन्दू दर्शकों के बीच पीछे बैठा नहीं दिखाई दिया। वह सफ़ेद साड़ी पहनकर, सफ़ेद पाउडर और फूलों का गजरा पहनकर स्टेज पर आया था। दर्शकों में उसे देखकर ज़ोरदार ठहाका लगा। वह स्टेज पर हाथ जोड़कर नृत्य शुरू करने की मुद्रा में खड़ा हुआ, पीछे शास्त्रीय संगीत बजने लगा। साड़ी पहने चन्दू का नृत्य देखकर

पूरे हॉल का हँसते–हँसते बुरा हाल हो गया। चन्दू का यह आइटम बहुत ज़ोरदार रहा।

नृत्य पूरा करने के बाद चन्दू ने माइक हाथ में लिया, ''मैं आप लोगों से कुछ कहना चाहता हूँ। मैं यहाँ किसी का मज़ाक़ उड़ाने नहीं आया हूँ। मैंने आज इस डांस के लिए कल रात भर प्रैक्टिस की। इस गीत को लगभग चालीस बार बजाकर एक–एक स्टेप तैयार किया।'' उसकी आवाज़ भर्रा गयी, ''किसी ने मुझसे कहा कि पीछे बैठकर कमेंट करना आसान है, हिम्मत है तो सामने स्टेज पर आओ। आप... आप क्या समझते हैं। मैं डांस नहीं कर सकता। मैं आपसे भी अच्छा डांस कर सकता हूँ।''

यह सब कहते हुए उसकी आँखों से आँसू गिरने लगे। संचालक ने आकर माइक अपने हाथ में ले लिया और उसे सांत्वना देने लगा।

पूरा हॉल सन्नाटे में था। लोग कॉमेडी समझ रहे थे, लेकिन यह ट्रेजेडी निकली। समझा–बुझाकर चन्दू को स्टेज से नीचे उतारा गया। इसके बाद हॉल के शेष कार्यक्रमों में कोई हूटिंग नहीं हुई। सब बुत बने प्रोग्राम देखते रहे। कमाल है, सारा नृत्य चन्दू ने स्वयं तैयार किया था, सारी मुद्राएँ उसकी अपनी ईजाद की हुई थीं–रात भर टेप को रिवर्स कर–करके चालीस बार।

कुछ–न–कुछ हुआ है विजयलक्ष्मी और उसके बीच। लाख पूछने पर भी चन्दू ने कुछ नहीं बताया। अब आगे क्या? क्लाइमैक्स क्या होगा? आगे यह हुआ होगा कि विजयलक्ष्मी आती है और चन्दू से कहती है कि तुमने बहुत अच्छा डांस किया। चन्दू कहता है कि मुझे डांस नहीं आता। विजयलक्ष्मी फिर कहती है कि नहीं, सचमुच तुम्हारा डांस बहुत अच्छा था। कुछ स्टेप और मुद्राएँ सीखने की ज़रूरत है। चन्दू कहता कि तुम सिखाओगी? विजयलक्ष्मी कहती है कि ज़रूर।

और इस तरह दो दुश्मन पक्के दोस्त बन जाते हैं।

क्या यह चन्दू के लिए एक टर्निंग मोमेंट है? एक प्रेरणा, एक झटका, जो उसकी आगे की ज़िन्दगी को बदल देगा। आपको याद होगी फ़िल्म 'एक दूजे के लिए' जिसमें रति अग्निहोत्री माधवी कमल हासन को शास्त्रीय नृत्य सिखाती है।

इस कहानी की हैप्पी एंडिंग तो यहीं हो जाती है, लेकिन इसे तीन दिन और बढ़ाते हैं। जब तीसरे दिन पुरस्कार–वितरण का कार्यक्रम हुआ और इस अवसर पर विश्वविद्यालय के कुलपति पधारे, उस दिन चन्दू हॉल में फिर दिखाई दिया। वहीं अपने दोस्तों के साथ, पिछली सीट पर हूट करते हुए, कमेंट करते हुए। इस बार केवल एक बात और हुई बदली थी, चन्दू एक कान में बाली पहने हुए था। चन्दू की कहानी कुछ ज़्यादा ही रियलिस्टिक निकली, ज़िन्दगी की तरह। ज़िन्दगी लाल बत्ती पर दायें या बायें अचानक ही नहीं मुड़ती, बल्कि रेल की तरह बड़ा लम्बा मोड़ काटती है–आहिस्ता–आहिस्ता, कि मुड़ने का पता ही नहीं चलता...।

# कसक

•

अनुराग आनन्द

दिसम्बर की यह शाम जैसे–जैसे ढलती जा रही थी, नेहा की उम्र भी ढलती जा रही थी। ढलती शाम के साथ ठण्ड बढ़ती जा रही थी। बढ़ती ठण्ड के साथ सर्दी के मारे नेहा के बदन की सिहरन भी बढ़ती जा रही थी। अपने बदन से लिपटी चादर को नेहा ने और ज़्यादा कसकर अपने चारों ओर लपेट लिया। बावजूद इसके नेहा का शरीर अब भी कँपकँपा रहा था। अपनी दोनों हथेलियों को आपस में रगड़कर नेहा ने ख़ुद को सँभालना चाहा पर उसे ज़्यादा सफलता नहीं मिली।

कुहासे के इस कोहराम को भाँपते हुए नेहा अलाव की व्यवस्था में लग गयी।

दरअसल, नेहा चौधरी महेन्द्र सिंह की बेटी है। चौधरी साहब अपने क्षेत्र के रसूख वाले गिने–चुने लोगों में से एक हैं। ज़िन्दगी का अधिकांश समय चौधरी साहब ने अय्याशी में बिता दिया और अब जब जवान बेटी 30 साल की होने वाली है तो गाँव और कस्बे में कुछ चर्चाएँ ज़ोरों पर हैं। दबे ज़ुबान लोगों के बीच के चर्चे कई बार नेहा के कान तक भी पहुँच गये। गाँव के बीच होती चर्चा से भले ही चौधरी साहब को कोई फ़र्क़ न पड़े पर अन्दर–ही–अन्दर नेहा को ये बातें काफ़ी परेशान करती रहती थीं।

आज ठण्ड के इस अलाव को जलाते हुए नेहा के अन्दर और भी कई सारी बातें चल रही थीं। कुहासे के कारण उपला भीग गया

था। केरोसिन के बाद माचिस मारने के बावजूद आग जलती और फिर बुझ जा रही थी। अलाव जलाने के लिए नेहा ने कुछ काग़ज़ के टुकड़ों को टोह–टोहकर इकट्ठा किया। फिर बड़ी शिद्दत से काग़ज़ के टुकड़ों के सहारे फूँक–फूँककर आग जलाने लगी।

दरअसल, भभककर जलती और फिर बुझती आग में 30 साल की इस सयानी लड़की की वेदना, तड़प, दर्द को सहजता से महसूस किया जा सकता था। नेहा लगातार अलाव को फूँकती जा रही थी मानो अपने अन्दर की उत्कण्ठा को शान्त करने के लिए उसे कोई बहाना मिल गया हो। पड़ोस की चाची के मुँह से आज ही नेहा ने सुना था कि लोग–बाग चौधरी की बेटी को राँड कहते हैं। पर चौधरी को अपनी बेटी को ब्याहने की दो पैसे की चिन्ता नहीं है।

''पता नहीं किसके साथ इसका चक्कर है। गाँव के किस मुस्टंडे को भगा ले जायेगी?'' ये वाक्य सुनकर नेहा के रोंगटे खड़े हो गये। ग़ुस्से से चेहरा तमतमा उठा। वह सीधे घर आयी और किसी से कुछ बताये बिना घर की देहरी पर बैठ गयी। मन में कई तरह के सवाल, कई तरह की बातें। कभी स्वयं पर घृणा तो कभी स्वयं पर भरोसा। कभी ख़ुद को कोसती तो कभी ख़ुद को समझाती। ये सारी परिस्थितियाँ समानान्तर रूप से चल रही थीं।

देहरी से उठकर नेहा अपने कमरे में पहुँची। कमरे की दीवारों पर हाथों से बुने गये सितारों से मढ़ी हुई तस्वीर टँगी थी। एक सम्भ्रान्त परिवार के विधि–व्यवस्था के अनुसार बिस्तर पर गलीचे, सामने कुर्सी और एक छोटा–सा टेबल जिसके ऊपर कई सारी पत्रिकाएँ–किताबें रखी थीं। कुछ पत्रिकाओं को देखकर सहजता से पाठक के विचारों की कल्पना की जा सकती थी। कुछ पत्रिकाएँ औरतों से जुड़ीं, जबकि कुछ युवा भावनाओं पर आधारित थीं। बिस्तर पर सोने की कोशिश में असफल होने के बाद नेहा अपने कमरे से बरामदे और फिर बरामदे से कमरे तक टहलने लगी।

आज पूरा दिन व्याकुलता, बेचैनी के साथ काटने के बाद शाम को भी अलाव जलाते हुए नेहा के कानों में पड़ोस की चाची की बातें हावी थीं। उम्र के तीसवें पड़ाव तक पहुँचते हुए नेहा के अन्दर वे

सारी भावनाएँ, वे सारी इच्छाएँ और वह सब कुछ आता था, जो कोई भी दूसरी लड़की महसूस करती थी। आज वे सब बातें सुनने के बाद नेहा सोच रही थी कि आख़िर पिता जी किसी ठीक–ठाक लड़के को ढूँढ़कर उसे कहीं क्यों नहीं ब्याह देते हैं? कई बार किताबों में रोमांटिक दृश्य को देखकर या रोमांटिक कहानियों को पढ़कर नेहा अन्दर तक काँप उठती थी। ठण्ड के मारे कँपकँपाने वाला उसका शरीर कई बार कामुक वेदनाओं की तरंगों से भी कँपकँपा उठता था। नेहा अपने दुपट्टे को दाँतों तले दबाते हुए करवटें बदलकर अपने एक पाँव के तलवे से दूसरे पैर को सहलाने लगती है। जैसे–जैसे कहानी गति पकड़ती है, बिस्तर पर पड़ी नेहा के मन के अन्दर भावनाओं की तरंग भी अपने चरम पर पहुँच जाती है।

नेहा अलाव को फूँकते हुए जब परेशान हो जाती है तो वह सोचने लगती है कि कितना अच्छा होता कि मैं ब्याही होती। मेरे साथ मेरा पति, मेरा प्यार होता। इस ठण्ड में अलाव की ज़रूरत ही नहीं होती। मेरे बदन से किसी चादर की तरह लिपटा मेरा हमसफ़र होता। आज गाँव की औरतें मेरे बारे में कुछ नहीं बोल पातीं और मैं अपने अन्दर–बाहर की बातों को पति के साथ साझा कर पाती।

इस तरह ख़यालातों से गुज़रते हुए नेहा अपने मुँह में भरी हवा के झोंके को फूँक के साथ अलाव में मिला देती। भावनाओं की गर्माहट को लिये मुँह से निकलने वाली हवा अलाव की आग को सुलगा देती। धुएँ की वजह से परेशान नेहा की आँखों से आँसू की बूँदें उसके अरमान, भावनाएँ, दर्द, तड़प, खेद, ख़ुशी को लिये गाल को भिगाते हुए ज़मीन पर टपकने लगतीं। नेहा अपने दुपट्टे से आँसू को पोछती है। कुछ वक़्त पहले जो उसने काग़ज़ जमा किये थे आग जलाने के लिए, वे काग़ज़ के टुकड़े को नेहा अलाव में डालने लगती।

सुलग रही आग के बीच काग़ज़ के टुकड़े उस आग की ज्वाला को और भी भड़का देते हैं। भभक–भभककर जलती आग के बीच नेहा की नज़र उस पत्र पर पड़ती है, जो वर्षों पहले

उसके प्रेमी अनुराग ने उसे दिया था। वह आग के बीच से काग़ज़ के उस टुकड़े को बचाना चाहती है। पर अब सिर्फ़ उसके हिस्से राख रह जाती है।

नेहा झट से उठती है और दौड़कर अपने कमरे में पहुँचती है। सिरहाने के अन्दर रखे पत्र को वह टटोलती है, पर कहीं कुछ हाथ नहीं आता है। वह दौड़कर वापस अलाव के पास आती है। अलाव के बीच काग़ज़ों के जलते हुए टुकड़ों की राख को देखती है। उस राख में उसे अपने सपनों की जली राख दिखती है। वह टकटकी लगाये उस अलाव की तरफ़ देखती रहती है। अलाव की गर्मी से अब नेहा को भले ही ठण्ड नहीं लग रही थी पर अनुराग और उसके बीते दिनों के प्यार का एक–एक पल उसके मानस पटल पर किसी चलचित्र की तरह लगातार चल रहा था। अब उपला भी आग में बदलकर लाल हो चुका था। उस गर्म लाल उपले में नेहा अपने भूत को जलते हुए देख रही थी। जिस अलाव को उसने बड़े शौक़ से शरीर की गर्माहट के लिए जलाया था, उसे लग रहा था कि वह अलाव उसके प्यार के आख़िरी खत की बलिदानी पर भेंट में उसे मिला है।

उसे याद है कि अनुराग ने अपने आख़िरी ख़त में उसे लिखा था, ''मुझे मालूम है कि तुम्हें जानकर बहुत सदमा पहुँचेगा, लेकिन मैं आज बताने को बाध्य हूँ कि मैं दलित हूँ। तुम्हारे पिता क्षेत्र के उच्च जातियों में रसूख वाले हैं। तुम्हारी प्रतिष्ठा को ध्यान में रखकर ये बात मैंने बताना उचित समझा।''

इसके बाद नेहा इस बात के लिए हिम्मत नहीं जुटा पायी कि प्रतिक्रियास्वरूप वह अपना प्रेम–पत्र लिखे। उसे अपना दायरा मालूम था। उससे निकलने की वह हिम्मत नहीं कर सकी। आज वह अपने सूखे होंठ को अपने दाँतों तले दबाकर अपने अतीत के उस रोमांस में डूब गयी जो कॉलेज दिनों में उसने अनुराग के साथ किया था। रात की ढलान के साथ अलाव की आग सुस्त होने लगी। बढ़ती ठण्ड, सुस्त पड़ती आग और वर्तमान–भूत के बीच की लड़ाई में ख़ुद को तलाशती नेहा ने आँख बन्द कर आग के सामने दोनों हथेलियों को अलाव के ऊपर फैलाकर घण्टों काट दिये।

अब अलाव ठण्डा पड़ चुका था और बढ़ती सर्दी ने एक बार फिर नेहा को अपनी ज़द में समेट लिया। ठण्ड के मारे नेहा का बदन एक बार फिर कँपकँपा उठा। वह उठी और अपने कमरे में पड़ी सरिता, गृहशोभा और अन्य पत्रिकाओं को लिये बिस्तर पर करवटें बदलने लगी। वह स्वयं को पत्रिकाओं के किस्सों–कहानियों में तलाशने लगी।

# दस से पाँच की नौकरी

●

विभव देव शुक्ल

घर में पड़े–पड़े ऊब रहा था। ऊपर से घर वालों की हर दूसरी बात पर आने वाला कल सँवारने की राय। दो–तीन किताबें तो छप ही चुकी होतीं अगर इन मशवरों की ज़रा भी तस्दीक़ की गयी होती। मशवरों की इस ज़ुबानी जंग में अपने पिताजी से हारकर मैं मुरझाए पौधे–सा घर के बाहर गया और पैदल ही निकल पड़ा, अपनी परेशानी की गाड़ी में सुकून का ईंधन भरने। पता नहीं क्यों पर इस तरह कहीं अकेले पैदल निकलना, वह भी बिना किसी को बताये हमेशा से पसन्द था मुझे। जहाँ सिर्फ़ मैं और मेरा सुकून एक–दूसरे से मिलने की तारीख़ तय करते थे।

इससे पहले कि तारीख़ तय होती, मेरे घर वालों का ख़याल मेरे ज़ेहन के आसपास मँडराने लगता था। उन्हें अपनी उम्मीदों का ठिकाना मेरे कल के पड़ोस में ही नज़र आता था। काफ़ी देर तक नज़ारों के नज़ारे में अपने सुकून का नज़राना ढूँढ़ लेने के बाद मुझे समझ आया कि शाम की शुरुआत हो चुकी है। अगर इससे ज़्यादा देर हुई तो घर से मेरे नाम का वारंट ज़रूर निकल जायेगा। तीन–तीन फीट की लम्बी छलाँगों से रास्ते का क़त्ल करके मैं घर पहुँचा। घर में दाख़िल होते ही मुझे अजीब से सन्नाटे का शोर सुनाई दिया। तुरन्त उस सन्नाटे की वजह जानने की ज़िद ने मुझे ऐसा धक्का दिया कि अगले ही क्षण मैं पिता जी के कमरे में था, जहाँ माता जी पहले से मौजूद थीं। उन चन्द पलों में हज़ार तरह के सवाल मेरे दिमाग़ का

दरवाज़ा खटखटा रहे थे, अब यह क्या हुआ? जो भी हुआ, कैसे हुआ? क्या मेरी वजह से हुआ? अब मेरे साथ क्या होगा?

माता जी ने मुझे ऊपर से नीचे तक ऐसे घूरा, जैसे मैंने कोई ऐसा गुनाह किया है जिसकी माफ़ी की नींव आज तक डाली ही नहीं गयी है। बाकी पिताजी का अपने चबूतरेनुमा बिस्तर पर बैठकर ज़मीन की तरफ़ निहारना ही बहुत था। इसके पहले कि मैं अटकलों में और उलझता, मेरी माता जी ने मुस्कुराकर कहा, ''परेशान न हो बेटा, तुम्हारी नौकरी लग गयी है और वह भी सरकारी।'' बहुत दिनों बाद मैं घर वालों की हँसी में ख़ुशी साफ़ देख सकता था। पिता जी ने मेरी तरफ़ देखकर कहा, ''इतने भी नालायक़ नहीं हो तुम, बैंक में नौकरी लगी है तुम्हारी।''

इतना कुछ होने के बाद जब मेरी नज़र नियुक्ति–पत्र पर पड़ी, तब समझ आया कि हर सिक्के के वाकई में दो पहलू होते हैं। क्योंकि मेरी नौकरी मेरे शहर बनारस से दूर राजधानी दिल्ली में लगी थी। अगले ही हफ़्ते मैं निकल पड़ा अपने जीवन के ऐसे पड़ाव पर, जहाँ मेरा सबसे अच्छा साथी होगा मेरा अकेलापन। न जाने कैसे लोग होंगे? न जाने कैसी जगह होगी? सब अच्छा होगा या नही?

ख़ैर, रात ख़त्म और सुबह शुरू हो चुकी थी और मैं दिल्ली पहुँच चुका था। जैसा सुना था इस शहर के बारे में, यह उससे भी कहीं ज़्यादा तेज़ है। वसन्त विहार में ही पिता जी के मित्र रहते थे। उन्होंने अपने घर से थोड़ा ही दूर मेरे रहने की जगह का इन्तज़ाम किया था। बड़ा कमरा था, घर जैसा तो बिल्कुल नहीं था, क्योंकि घर चार दीवारों से नहीं, उन चार दीवारों में रहने वाले लोगों से बनता है। उस रात मुझे कुछ पलों के लिए भी नींद नहीं आयी क्योंकि बचपन से अब तक हुआ हर एक यादगार किस्सा मेरी नींद को भटकाने में लगा हुआ था। और तो और मिज़ाज के लिहाज़ से मेरी नींद भी जरा धोखेबाज़ है, अकसर ऐसे हालात में मेरे नज़दीक नहीं होती। सुबह के छह बजते ही मेरी माता जी का फ़ोन आया और सबसे पहले उन्होंने मेरा हाल पूछकर मेरा हाल ठीक कर दिया। साथ ही साथ नौकरी के पहले ही दिन देर नहीं करने की हिदायत भी दी। दो जगह से

ऑटो बदलकर और भीड़ भरी मेट्रो के सहारे मैं अपने दफ़्तर पहुँच चुका था। जहाँ सबसे पहले एक बाबूनुमा व्यक्ति ने मुझसे पूछा, ''नये सर आप ही हैं?''

मैंने जवाब दिया, ''हाँ, मैं ही हूँ।''

फिर उसने मुझे मेरी काम की जगह दिखाई। मध्यान्तर होते ही कई लोग मिले जो मुझसे बात करके माहौल और बेहतर करने में लग गये।

लगभग सभी वहाँ हमउम्र थे, सिवाय बाबू भैया और शुक्ला सर के। बाबू भैया वही व्यक्ति हैं जिनसे मैं दफ़्तर के पहले दिन मिला था, बाकी शुक्ला सर भी अच्छा भाव रखते थे। ओहदे में काफ़ी ऊपर होने के बाद उनसे सहायता माँगने में दफ़्तर के किसी भी शख़्स को सोचना नहीं पड़ता था। यहाँ के लोग और यहाँ का माहौल, दोनों बेहद ख़ुशनुमा थे। इतना ही नहीं अकसर बाबू भैया काम के बीच में कोई–न–कोई ऐसी बात ज़रूर बोलते थे कि आधा दफ़्तर हँसते–हँसते कुर्सी से नीचे चला आता था। कभी–कभी तो इसके लिए भैया को शुक्ला सर से फटकार भी लगती लेकिन बाबू भैया जैसे लोग अपने आपको प्रशासन से कम थोड़े आँकते थे। बाबू भैया से मिलकर इतना तो कोई भी कह सकता था कि दिल्ली दिलवालों की है।

मैं रोज़ माता जी को सब कुछ बताता था कि क्या हुआ, क्या नहीं। दिन कैसा रहा। मेरे मुताबिक़ मेरे आसपास सब कुछ ठीक था। एक दिन मैं दफ़्तर में ही था कि मेरे पास मेरे मकान–मालिक का फ़ोन आया कि उसका कोई रिश्तेदार ख़त्म हो गया है जिसकी वजह से उसे दो–तीन दिन के लिए शहर से बाहर जाना पड़ रहा है। इसके पहले कि मैं ग़ुस्से के दो–चार शब्द फ़ोन के दूसरी तरफ़ फेंकता, फ़ोन कट चुका था। समझ नहीं आ रहा था क्या करूँ। घर भी नहीं जा सकता था क्योंकि काम बहुत था। मेरे संकोच ने मुझे पीछे खींचने की बहुत कोशिश की, लेकिन किसी तरह मैंने अपने आख़िरी विकल्प बाबू भैया से पूछा क्योंकि उनसे नहीं सुनने की गुंजाइश कम ही थी और हुआ भी बिल्कुल वैसा ही। ख़ुशी से उन्होंने मुझे अपने साथ चलने को कहा। काम का बोझ हल्का करके मैं और

बाबू भैया निकल लिये उनके घर की ओर। जैसे ही बाबू भैया के घर का दरवाज़ा खुला, मैंने देखा कि व्हील चेयर पर बैठे एक आदमी ने मुझे अन्दर आने को कहा। बाबू भैया ने बताया कि यह मेरा छोटा भाई है। फिर बाबू भैया हाथ–मुँह धोकर खाना बनाने की तैयारी में जुट गये। इससे पहले कि मैं और अजीब महसूस करता, बाबू भैया के भाई ने पहले मेरे बारे में पूछा फिर अपने बारे में बताया कि कैसे एक हादसे की वजह से वह व्हील चेयर पर आ गये। और उनकी पूरी ज़िम्मेदारी बाबू भैया पर आ गयी।

खाना तैयार हुआ, हम तीनों ने खाना खाया और सो गये। सुबह उठते ही मैंने देखा बहुत से बच्चे पढ़ रहे हैं। और उनको पढ़ाने वाला और कोई नहीं बल्कि बाबू भैया के छोटे भाई ही थे। उसके बाद जैसे ही मुझे बाबू भैया दिखे तो मैंने उनसे पूछा, ''बाबू भैया, ये सब क्या है?''

बाबू भैया ने बड़े मज़ाक़िया लहजे में जवाब दिया, ''बच्चे हैं सर।''

मैंने कहा, ''वह सब ठीक है पर इतना सब कुछ कब से और कैसे?''

बाबू भैया ने कहा, ''सर! ये सारे–के–सारे बच्चे किन्हीं कारणों से पढ़ नहीं सकते। मुझसे यह बात हजम नहीं हुई क्योंकि पढ़ाई के साये से मैं भी दूर ही रहा हूँ। मैंने सबसे पहले छोटे भाई की पढ़ाई पूरी कराई फिर इस काम में लगा दिया। वह भी ख़ुश और बच्चे भी।''

इतनी बातें सुनकर मुझे इतना तो समझ आ ही गया था कि बाबू भैया की इंसानियत की जड़ें दुनिया की ज़मीन में काफ़ी गहरी हैं। इसके बाद लगा कि हमारे जैसे लोग जो दस से पाँच की नौकरी से कुछ ऐसे बँधे होते हैं कि हमारी दुनिया असल दुनिया से एकदम अलग हो जाती है। मैंने इस बारे में शुक्ला सर से भी बात की। उन्हें पहले तो यह जानकर बहुत ख़ुशी हुई कि बाबू भैया इतना अच्छा काम कर रहे हैं। साथ–ही–साथ शुक्ला सर ने दफ़्तर के हर कर्मचारियों को बाबू भैया के इस सरोकार से जुड़ने को कहा, उसका नतीजा यह निकला कि हर हफ़्ते हममें से कोई–न–कोई उन बच्चों को समय देता है और उनकी पढ़ाई की ज़रूरत के सामान का ख़र्चा भी हमारे

इकट्ठा किये पैसे से पूरा होता है।

आज दो साल बाद जब बाबू भैया हमारे बीच नहीं हैं।

आप शायद सोच रहे होंगे कि उनके बाद इन बच्चों का क्या हुआ होगा। तो बाबू भैया की इस सोच को घटने नहीं दिया हमने। उनके छोटे भाई भी बहुत ख़ुश रहते हैं कि उन बच्चों को और काफ़ी हद तक उनको किसी सहारे के रास्ते की ओर निहारना नहीं पड़ता। अब समझ आता है कि बाबू भैया क्यों कहा करते थे, ''ज़िन्दगी ख़ुश न सही, लेकिन सही ज़रूर होनी चाहिए।''

# नवम्बर की नीली रातें

पूनम अरोड़ा

'क्या है उस सुगन्ध में?
उस एहसास की तासीर क्या है?
क्यों प्रारम्भ की प्रथम भाषा स्पर्श है?'

उसे एक स्वप्न हर रात दिखाई देता था जिसमें पानी था। सिर्फ़ पानी नहीं बल्कि एक चमकदार नदी। नदी के किनारे बनी पत्थरों की मेड़ पर एक बूढ़ा बैठा होता था। हर रात स्वप्न में वह काले रंग का लबादा पहने दिखाई देता। सोलह कलाओं के स्वामी कृष्ण की चर्चा वह ऐसे करता, जैसे कृष्ण ही इस संसार की सबसे बड़ी पहेली हों। जिसकी छाया में संसार का वह पक्ष न देखा जा सकता हो जो अन्धकारमय है। जो आँख झपकने जितनी लयबद्ध गति में स्वप्नों की कीमियागिरी कर सकता हो। लेकिन ऐसा भी हो सकता है कि कृष्ण की लीलाओं के चमत्कार से वृन्दावन का कोई एक घर, कोई एक व्यक्ति, कोई एक उजड़ा उपवन अनजान रहा हो और इस बात से भी कि अबोध और अनाथ साँस सबसे ज़रूरी है स्वप्नों के यथार्थ बनने में। लेकिन स्वप्न में कृष्ण ही क्यों? वह बूढ़ा और नदी ही क्यों?

जब उत्तर चाहो तो नींद की सीढ़ियों से किसी पत्थर के लुढ़कने की आवाज़ सुनाई देती और स्वप्न इतनी ख़ामोशी से टूट जाता, जैसे वह कभी एक स्वप्न था ही नहीं। टूटकर बिखरी चीज़ों का सिमटना भी कितना आश्चर्यजनक होता है। वह हर बार इस तरह आपको अपने यक़ीन में बाँधता है, जैसे चरमराने की आहट को सुनकर भी

अनसुना कर देना।

टीना माइक फर्नांडीस नाम में 'माइक' की जगह अकसर उसे एक हैरानी मिलती थी। उसे ऐसा लगता था, जैसे एक अदृश्य आँख हमेशा उसका पीछा कर रही है। उसके होने को थोड़ा कम करती हुई, उसके न होने के मायने को ख़ामोशी से आहत करती हुई। सालों से यह आँख बूढ़ी नहीं हुई और न ही इसने टीना को कभी किसी भय से मुक्त किया। लेकिन टीना अपने अस्तित्त्व की गहरी जड़ों को समझती थी और पिता के नाम पर उसके होंठों पर आयी मुस्कान स्वप्न वाली नदी समान पारदर्शी थी। बिल्कुल निश्छल!

आख़िर 'माइक' नाम उसने अपने नाम के साथ क्यों लिखा? अपने पिता के नाम को लेकर वह अकसर इसी सोच में रहती थी। और वह सोच लगातार किसी बेल के समान बढ़ रही थी। उसे ख़ुद में लपेटते हुए।

सुबह के हल्के धुँधलके में अब शहर पर एक अदृश्य परत छाने लगी थी। यह परत एक ऊब को निर्मित करती थी। पुरानी स्मृतियाँ इस ऊब से लिपटी हुईं मौसम के ज़र्द पीलेपन को इतनी सतर्कता से ख़ुद में समेट लेती कि कोई भी इसकी धुन पर उदास गीत लिख सकता था। और उन उदास गीतों को थामे पूर्व के अनजान दोहरावों पर अपनी सहमी–सी दृष्टि डाल सकता था। जीवन का वह कोरस एक अनन्तिम घटना की तरह था।

उसने इंडक्शन पर पानी की केतली रखी। दराज़ में से कॉफी निकाली, चीनी के बेतरतीब ढंग से बन्द हुए डिब्बे को किसी तरह खोला और खौलते पानी में चीनी, कॉफी और दूध डाल दिया। कॉफी का मग लेकर वह वापस खिड़की पर आकर बैठ गयी, जहाँ से हल्की धुंध पूरे शहर पर अपनी बाँहें फैलाये दिखाई दे रही थी।

उसे याद आया, एक बार उसके पिता ने पाब्लो नेरुदा के लिए लिखे एक 'शोकगीत' का ज़िक्र किया था। वह शोकगीत उसे अब उस तरह याद नहीं जैसे तब था, जब वह अपने पिता के पास बैठकर पाब्लो की कविताएँ सुना करती थी। और सबसे ज़्यादा उसे याद था पाब्लो का मुस्कुराना। तब उसे लगता था पाब्लो प्रेम के किसी

सूक्ष्म सुख का निर्माण अपनी प्रेम कविताओं में करते हैं। और अरसे बाद उसने जाना कि प्रेम निर्मित कर पाना किसी महीन रेखा पर सन्तुलन बनाने जैसा है। अब बहुत कुछ बीत जाने पर उसे पाब्लो की कविताएँ पारिजात के फूलों की तरह कोमल और प्रेम को नैतिकता से मुक्त करती प्रतीत होती हैं। जैसे अभी–अभी उसने अपनी देह को महसूस किया हो और अभी–अभी ही उस पर किसी रोशनी ने अपनी उँगलियाँ रखी हों।

''चीज़ें इस तरीक़े से आपको अपने ढंग में ढाल लेती हैं कि आप अपना रंग, अपने आयाम और यहाँ तक कि अपनी आवाज़ भी खो देते हैं।''

**सब** कहते हैं कि टीना पूरी फैक्टरी में सबसे ज़्यादा अच्छी मोमबत्तियाँ बनाती है। मोम को साँचे में डालने और मोमबत्तियों पर नुकीले चाकू से पत्तों की आकृतियाँ उकेरते हुए अगर कोई उसे देख ले तो शायद समझ पाये कि टीना के लिए यह काम कोई बाहरी दरवाज़ा नहीं खोलता बल्कि भीतर की कोई भीगी हुई रात निर्मित हो रहीं मोमबत्तियों के बुझे ताप से ख़ुद के सौन्दर्य को आकाश का सबसे चमकता हुआ तारा बना देती है। उसके तराशने में किसी प्राचीन आत्मा का स्पर्श महसूस होता है। जैसे देह के धागों के साथ छाया के स्याह छल्ले अपनी उपस्थिति हमेशा दर्ज करते हैं। एक धीमी और कुनकुनी बारिश चेतना पर उभरे मर्म को मद्धम आँच पर सेंककर उसे पीड़ा से मुक्त करती है।

उसकी बनी मोमबत्तियों को ख़रीदने वाले सिर्फ़ उसी की बनायी मोमबत्तियाँ ख़रीदना चाहते हैं। फैक्टरी में टीना की बनायी मोमबत्तियों पर अलग से लेबलिंग होती है और उस पर लिखा होता है, ''मेड बाई टीना माइक फर्नांडीस।''

एक लॉट निकालने के बाद टीना ने मैथ्यू को फ़ोन लगाया, ''तुमने क्या सोचा, मैं तुमसे अब तक नाराज़ रहूँगी?''

उस तरफ़ से इसके प्रत्युत्तर में एक साँस सुनाई दी। केवल एक साँस। एक गहरी साँस जिसके तल पर शब्दों की मछलियाँ मौन धुन पर तैर रही थीं।

''चलो शाम को मिलते हैं, घर आ जाना।''

''नहीं, कहीं बाहर मिलते हैं।''

मैथ्यू ने अपनी बची हुई शर्मिंदगी को अपने आख़िरी अल्फ़ाज़ों के साथ टीना को कहा।

''चाहना के भी कितने रूप होते हैं जो हर मौसम में बदल जाते हैं, जैसे वसन्त ओढ़ लेता है, नये प्रेम को और पतझड़ अतीत की चाहनाओं को।''

मैथ्यू को याद आया दो साल पहले का हल्का सर्द नवम्बर। उस नवम्बर में एक संगीत था। कुछ निर्मित होने का गाढ़ा और समूचा एहसास। उन दिनों वादे किये नहीं जाते थे। बस ऐसे ही हो जाते थे, जैसे टीना की आँखों में पाब्लो नेरुदा की कविताएँ चमकती थीं।

भ्रम!

होने और न होने के भ्रम में वे प्रेम के शुरुआती दिन थे। बिल्कुल नये दिन। ऐसे दिन जिन पर उँगली भी नहीं रखी जा सकती। इस डर से कहीं ये मैले न हो जायें। उन दिनों के मौसम में बेवजह की मुस्कुराहटें बस में, मेट्रो में, सिनेमा हॉल में, मण्डी हाउस की गलियों में तमाम जगहों पर फैली पड़ी थीं।

वे चाहना की अदृश्य परछाइयाँ थीं जो उनकी छुई हर जगह पर जमी हुई थीं।

''जाते हुए क्षण गहरी चोट नहीं देते लेकिन वे क्षण जिन्हें जन्म देते हुए उन्हें किसी स्मृति में रखना हो और उतनी देर तक रखना हो, जब तक स्मृतियाँ विलुप्त न हो जाये। तब उसे क्या कहेंगे?''

मण्डी हाउस ही एकमात्र ऐसी जगह थी, जहाँ बिन–बुलाए भी वे एक–दूसरे की प्रतीक्षा कर सकते थे या शायद अदृश्य प्रेम को पहचानने की कभी–कभी एक जगह ख़ुद ही बन जाती है। जहाँ की सुगन्ध को आसानी से पहचाना जा सकता है, जहाँ के रास्तों पर विनम्र प्रेम–निवेदन होते हैं।

कैफे हाउस का शीशे का दरवाज़ा खोलते हुए मैथ्यू ने टीना को बहुत गौर से देखा। कितनी प्यारी आँखें हैं टीना की। वह हमेशा कानों में झुमके पहनती है। कभी छोटे, कभी बड़े। मैथ्यू को लगता

है कि बिना झुमकों के वह टीना को कभी पहचान ही नहीं पायेगा।

उन्होंने कैफे में सबसे पीछे की ओर कोने वाली जगह बैठने को चुनी।

''तो क्या सोचा है तुमने मैथ्यू?''

टीना ने जब प्रश्न किया तो मैथ्यू कुर्सी पर बैठे हुए अजीब–सी बेचैनी महसूस करने लगा।

''मॉम की बाईपास सर्जरी तक रुकना होगा हमें।''

''उससे क्या लेकिन?''

''तुम यह सब सँभाल नहीं पाओगी टीना! और दूसरे इन्तज़ाम भी तो करने हैं। शादी के बाद एक अलग फ़्लैट की भी तो ज़रूरत होगी।''

''लेकिन इतने रुपये तो हमारे पास हैं कि हम तीन बेडरूम का एक फ़्लैट ख़रीद सकें।''

मैथ्यू ने दो कैपेचीनो का ऑर्डर किया और लगातार टीना से नज़रें चुराता रहा। टीना दोनों के बीच उग आयी चुप्पी में ख़ामोशी से उसका मन टटोलती रही, उसकी प्रतीक्षा करती रही कि शायद वह कुछ कहना चाहे लेकिन यह अलसाई चुप्पी और गहरी होती चली जा रही थी। टीना का दिल चाहा कि वह मैथ्यू के सीने में बिल्कुल एक छोटी बच्ची की तरह छुप जाये।

कभी–कभी उसे मैथ्यू उसके स्वप्न में आने वाले कृष्ण की तरह लगता जिसकी चुप्पी को भेदा नहीं जा सकता, जिसके अगले फ़ैसले को एक मामूली–सी आहट भर भी नहीं सुना जा सकता।

किताबों में पढ़ा है उसने प्रेम की अनुभूतियों के बारे में, प्रेम के विखण्डित होते चेहरों की जल्दबाज़ी और अन्तिम परिणति में प्रेम का मृत्यु तक चले जाना। उसे वह बुलबुल याद आयी जो ऑस्कर वाइल्ड की कहानी में थी, जो प्रेम के गीत गाती थी और जो वेदना को सुन सकती थी। जिसे मनुष्य और प्रेम के गहन सम्बन्ध को सुनना आता था। जो अपने सीने में काँटा गड़ा सकती थी ताकि उसके हृदय से निकलने वाले ख़ून से एक लाल गुलाब का निर्माण हो सके।

कॉफी ख़त्म हो चुकी थी और दोनों की बात भी। यह मुलाक़ात

न भी होती तो भी कुछ फ़र्क़ न पड़ता, दोनों में से किसी को। वे कैफे हाउस से बाहर आ गये। टीना गली के दायीं ओर बढ़ गयी और मैथ्यू बाईं ओर।

दोनों के मध्य एक छोटी–सी मुस्कान ज़रूर आयी थी कुछ देर के लिए। इतना भर हुआ उन महत्त्वपूर्ण क्षणों में।

मैथ्यू इतनी तेज़ी से उससे दूर जा रहा था कि वह उस अलसाए मौसम में किसी तीखी धूप की दोपहर–सा उसे बेचैन कर रहा था। वह रुककर उसी मोड़ पर दूर तक उसे जाते हुए देखना चाहती थी। वह देखती रही उसे। लौटना अपेक्षित नहीं था। जैसे गन्ध की अपनी दिशा होती है। फिर अपने अस्तित्व को दूसरी चीज़ों में इतना घुला देती है, जैसे किसी रिश्ते में प्रेम या प्रेम में कोई रिश्ता। टीना का चेहरा नरमाई ओढ़ने लगा और आँखों की तलछट पर वही स्वप्न वाली नदी तैरने लगी।

सब कुछ कितना अपूर्ण होता है। पूर्ण होते हैं तो केवल छोटे–छोटे क्षण और उन क्षणों में अर्थ पाते हुए हम।

हर बार वह इसे आख़िरी मुलाक़ात–सा सोचती है, लेकिन ऐसा कभी हो नहीं पाता। कुछ रोके रहता है लेकिन दिखता कभी नहीं कि क्या है जो रोके हुए है। वह कौन–सी एक आस है जो कभी टूटना नहीं चाहती।

"हम वहीं पहुँच जाते हैं, अकसर जहाँ से चलना शुरू करते हैं। स्वप्न की पीड़ा की अगर कोई परिभाषा होती, तब वह ज़रूर यही होती।"

लौटने पर देर हो गयी थी। घर आकर टीना ने अपने कपड़े खोले तो देखा कि लाल रंग की एक लिसलिसाहट उसकी देह से रिस रही है। वह आँखें बन्द कर बिस्तर पर लेट गयी। नवम्बर की हल्की सर्दी में उसे मैथ्यू का स्पर्श महसूस होने लगा। वह उस स्पर्श से पूरी भर जाना चाहती थी। गले तक, अपनी प्यास तक, बिना कोई प्रश्न किये, बिना किसी प्रश्न का उत्तर दिये।

थोड़ी देर में फिर से वह अपने उस स्वप्न में थी जो उसे रोज़ आता है। जिसमें एक नदी है, बूढ़ा है और कृष्ण अपनी सोलह कलाओं

से, अपने रहस्य से चमत्कृत करते हैं। उसे कभी समझ नहीं आया, वह बूढ़ा क्या कह रहा है। बस उसके झुर्रीदार होंठ हिलते दिखाई देते हैं। कभी–कभी उन होंठों से भाप निकलती दिखाई देती है जो नदी की भाप में घुल जाती है। नदी स्वप्न में घुल जाती है। स्वप्न मैथ्यू में और मैथ्यू नवम्बर की नीली रात में।

# जब तक बाबू जी हैं

देवपालिक कुमार गुप्ता

माई, मुन्ना के पाखाने को खुरपी से काटकर प्लास्टिक के थैले में भर रही थी कि नौ साल की बेटी पिंकी दौड़े–दौड़े आकर कहने लगी। ''ऐ माई, बाबू जी को जल्दी से जगा दो। बाहर द्वार पर पंच आये हैं।''

''अरे, वो बड़े बाबू जी को नौकरी की बधाई देने आये होंगे। सोने दो बाबू जी को। देर रात तक गेंहू का दऊरीं करवाकर, भूसा को भुसौला घर में रखकर और अनाज को ढेहरी में भरने के बाद सोये हैं।

''नहीं माई, पंच बँटवारे की बात कर रहे थे।''

माई कुछ देर तक स्तब्ध खड़ी एकटक पिंकी को देखने लगी। कुछ देर बाद उससे नज़रें हटाकर दौड़ पड़ी पिंकिया के बाबू जी को जगाने।

''अजी सुनते हैं, बाहर पंच आये हैं, पिंकिया कह रही है कि कुछ बँटवारे की बात चल रही है।''

''अरे, तुम भी पागल हो गयी हो क्या? अपने बँटवारे की बात कहाँ से आ जायेगी। पंच बड़े भैया की नौकरी की बधाई देने आये होंगे। जब से भैया घर आये हैं, तब से हर रोज़ गाँव के उनके साथी–संगाती और शहर से उनके दोस्त महँगी–महँगी गाड़ियों में आते रहते हैं उनसे मिलने और बधाई देने। वैसे ही पंच भी आये होंगे उन्हें बधाई देने।''

''यहीं बैठे–बैठे सब सोच लीजिए, बाहर जायेंगे तब तो कुछ

पता चलेगा।''

''अच्छा ठीक है! लाओ लुँगी दो और तनिक एक लोटा पानी भी दे दो ताकि मुँह भी धो लूँ।''

''अरे, आओ महेश! बड़ी देर तक सो रहे थे।''

''सभी पंचों को मेरा प्रणाम! अरे, वो देर रात तक गेहूँ के फसल की दऊरीं करा था, इसलिए सुबह नींद जल्दी नहीं खुली।''

''अच्छा ठीक है, बड़ा अच्छा लगता है तुम्हारे परिवार को देखकर। बड़ा भाई पढ़ाई में अव्वल आकर गाँव का नाम रोशन करता है और अब देखो, शहर में बड़ा अफ़सर बन गया है। तुम्हारी तारीफ़ क्या करना! महेश! पूरा गाँव तुम्हारी किसानी का जबरा प्रशंसक है। इतने कम खेतों में इतनी पैदावार काबिले–तारीफ़ है।''

''अच्छा केवल अपनी प्रशंसा सुनोगे या चाय–पानी का भी बन्दोबस्त करोगे। रमेश (महेश का बड़ा भाई) गया है गाँव में और पंचों को बुलाने। महेश अपने माई–बाबू जी को भी बुला लो।''

बाहर द्वार पर खाट, काठ की कुर्सियाँ और सामने तिरपाल बिछा दिया गया। काठ की कुर्सियों पर पंच बैठ गये। खाट पर रमेश अपने पिता घनश्याम के साथ बैठा और सामने तिरपाल पर महेश अपनी बेटी और माँ के साथ बैठा। तिरपाल पर बिरादरी के कुछ लोग बैठे थे। सब यही चर्चा कर रहे थे कि जब इतना सुन्दर परिवार अलग हो गया तो शायद ही कोई अलग होने से बचे।

महेश की पत्नी दोगहा के दरवाज़े पर टँगे प्लास्टिक के परदे से झाँक रही थी। दो बच्चे हो गये, लेकिन आज तक सरोज अपने ससुर और भसुर के सामने न आयी।

रमेश की पढ़ाई के कारण अब तक शादी न हुई थी। घर में खाना बनाने वाली सिर्फ़ एक बूढ़ी माँ थी जिसके हाथों की लकीरें तक मिट चुकी थीं, घर के काम करते और खेतों में खुरपी चलाते–चलाते। इसलिए घनश्याम ने छोटे बेटे महेश की शादी जल्दी कर दी थी।

महेश का बचपन से ही पढ़ने में मन नहीं लगता था। महेश हमेशा अपने पिता के साथ किसानी में रुचि रखता था, इसलिए घनश्याम उसे प्राइमरी के बाद अपने साथ किसानी कराने लग गये। कुछ ही

वर्षों में घनश्याम को खेती करने में महेश से बहुत मदद मिलने लगी।

सब कुछ अच्छा चल रहा था, महेश अपने पिता के साथ दिन–रात खेतों में मेहनत करके बड़े भाई रमेश की पढ़ाई के लिए हर महीने पैसे बचा रहा था और रोज़मर्रा की ज़िन्दगी चला रहा था। महीने–दो महीने में कभी भाई की चिट्ठी भी आ जाती थी।

पंचों ने बँटवारे की प्रक्रिया को शुरू किया और सबसे पहले बड़े भाई रमेश से बँटवारे के कारण के लिए अपना पक्ष रखने को कहा। उधर महेश के कानों में बँटवारा पड़ते ही शरीर में ग्यारह हज़ार वाट का करण्ट दौड़ गया। बूढ़ी माँ रजमतिया अपने दोनों पैरों में सिर डालकर बैठी केवल सबको सुन रही थी। शायद उसकी आँखें ये सब देख पाने की हिम्मत नहीं जुटा पा रही थीं।

रमेश ने बोलना चालू किया, "हे पंचगण! मैं इस घास–फूस की छत से अलग होकर अपना नया घर बनाना चाहता हूँ। अब मेरे अफ़सर दोस्त घर आने लगे हैं, उन्हें बैठाने के लिए एक ढंग का कमरा तक नहीं है। अगर मैं अच्छा घर बनवा भी लूँ तो ये उसका ढंग से इन्तज़ाम तक नहीं कर पायेंगे।

अभी कल ही मेरे कुछ दोस्त आये थे, मैं उन्हें ठीक से कुछ खिला–पिला भी नहीं पाया। महेश की पत्नी को अच्छे पकवान बनाने भी नहीं आते। केवल वही सब्जी, दाल–रोटी और चावल बनाना जानती है यह। बाबू जी का गमछा और भाई का गँवारूपन शर्मिन्दगी महसूस कराती है, मुझे अपने दोस्तों के बीच में। और तो और, माँ के हुलिए ऐसे होते हैं कि मैं इसका परिचय अपने दोस्तों से भी नहीं करवा सकता कि ये मेरी माँ है।

मैं शहर में ही एक लड़की से प्रेम करता हूँ जिससे शादी भी करना चाहता हूँ। लेकिन वो तब तक मुझसे शादी नहीं करेगी, जब तक मैं एक अच्छा–सा घर न बनवा दूँ।

आप पंच तो सब जानते ही हैं कि शहर का रहन–सहन अलग होता है, वह यहाँ आकर इनके साथ नहीं रह पायेगी। महेश की पत्नी भी पढ़ी–लिखी नहीं है और पुरानी मान्यताओं में विश्वास रखती है, ये भी उसके साथ नहीं रह पायेगी।"

बीच में ही पंच महेश की पत्नी को आवाज़ लगाकर पूछते हैं, ''ऐ पिंकिया के माई, रह पाओगी उसके साथ।''

पिंकिया के माई बोली, ''हमें कौनो दिक्कत नहीं है। भसुर जी की पत्नी मेरी जेठानी होगी। वो जैसा कहेंगी, मैं वैसा ही करूँगी। बस आप लोग इस घर को अलग मत कीजिए। नहीं तो पिंकिया के बाबू जी और ससुर और माँ जी बिलकुल अन्दर से टूट जायेंगे।''

''ऐ रमेश की माई, तहरा कौनो दिक्कत बा?''

''हमको कौनो दिक्कत नहीं है बाबू! बाबू जइसे कइहे, हम वैसे रह लेब। रऊरा लोगों बस ये घर के टूटे मत दो।''

''महेश! तुम अपना पक्ष रखो।''

''पंचगण! आप लोग बँटवारे से पहले मेरी बस कुछ विनती सुन लीजिए। यह विनती केवल बड़े भैया के लिए है।

भैया कुछ दिन और साथ बिता लीजिए, जब तक बाबू जी ज़िन्दा हैं।

ज़िन्दगी से फेंकना कैसा

रह लूँगा वैसा, चाहेंगे आप जैसा

वह लम्बा खेत जिसके बीच में एक भी बाँध नहीं है, जिसके एक छोर से दूसरे छोर को देख बाबू जी का मन गद्‌गद होता है। चौराहे पर और गाँव में बाबू जी हम दोनों का नाम एक साथ लेते हैं। आज अगर यह बँटवारा हो गया तो कल से बाबू जी हम दोनों का नाम भी अलग–अलग लेंगे। रमेश और महेश।

कुछ दिन और साथ बिता लीजिए, जब तक बाबू जी ज़िन्दा हैं।''

याद है वो साइकिल जिस पर हम दोनों बाबू जी के साथ मेला घूमने जाते थे। मैं बाबू जी के कन्धे पर बैठता था और आप सीट और हैंडिल के बीच वाली रॉड पर। दो रुपये की जलेबी खाते–खाते हम वापस आ जाते थे। वो ज़माना भूल गये आप भैया! जब बाबू जी के जूते फटे होते थे और हम दोनों के हरदम नये होते थे। वो किस्सा भूल गये जब बाबू जी ने पहलवानी छोड़ने के बाद भी, मेले में आपके ज़िद करने पर अखाड़े में उतरने में देर न लगाई थी। बाबू जी हारने के बाद भी आपके लिए ख़ुश थे।

कल हम दोनों अलग हो जायेंगे तो बाबू जी बिल्कुल ही टूट जायेंगे, ऐ भैया! कुछ दिन और बिता लीजिए न जब तक बाबू जी ज़िन्दा हैं।

वो गेहूँ की फसलें जो बसन्ती हवाओं में आज़ाद झूमती हैं, कल को उनके बीच कँटीले तारों की एक चहारदीवारी होगी। आँगन की तुलसी का पौधा जिस पर पर रोज़ पिंकिया की माई दीपक जलाती है। वो कल दो हिस्सों में बँट जायेगा।

चौराहे वाली जो ज़मीन है न एक कठ्ठा। उसे पूरा आप ले लीजिएगा। चाहे तो कल ही बाबू जी से अपने नाम करवा लीजिए और वहाँ अपने मन–मुताबिक़ घर बनवा लीजिएगा। लेकिन जब तक बाबू जी ज़िन्दा हैं...''

...और अन्त में तुम्हारे बड़े बाबू जी नहीं माने, बँटवारा हो ही गया। तुम्हारे दादा जी ने बहुत दिनों तक कुछ नहीं खाया–पिया।

अरे, ये तो सो गया, मुन्ना!

# रेड लाइट एट वन वे

अभिनव

ट्रेनों के हॉर्न, मसालों की ख़ुशबू और आती–जाती गाड़ियों के शोर में उस बदनाम सड़क पर टहलते आदमियों और छज्जों में बनी खिड़कियों से झाँकते जिस्मों के इशारों में दिन ढला जा रहा था। एक के बाद एक आदमी तंग सीढ़ियों से ऊपर–नीचे आ–जा रहे थे। उन गन्दे कमरों में टहलते जिस्म एक–एक ग्राहक को निपटाकर वापस खिड़कियों पर आ जाते और लाली पोतकर नये ग्राहक को रिझाने में जुट जाते। इस सड़क की यही रवायत है, मगर न जाने क्यों उस कोठे के अपने कमरे में शीशे के सामने खड़ी शन्नो, जिसे वहाँ के दूसरे सारे जिस्म सन्नो या सनवा बुलाते थे, कुछ उदास–सी थी। आज एक ग्राहक उसका कान मसल गया था जिससे उसमें दर्द होने लगा था। इसी दर्द में शन्नो ने दो ग्राहक निपटा दिये थे। मगर आख़िरी ग्राहक भी उसी कान की बाली को खींच गया था जिसमें दर्द हो रहा था। अपने चेहरे पर पाउडर पोतते वक़्त जब उसने बाली उतारनी चाही तो उसे याद आया कि आख़िरी बार इस बाली को उसकी माँ ने उतारा था।

उस बार खेलते वक़्त किसी ने उसका कान खींच दिया था। तब उसकी माँ ने उसकी बाली उतारी थी और सारी रात उसकी पीठ पर थपकी देकर सुलाती रही थी मगर आज न शन्नो की माँ मौजूद थी और न ही वह थपकी वाली रात। था तो इन्तज़ार करता एक और ग्राहक! ऐसे न जाने कितनी शन्नो थीं जो जिस्म बनकर रह गयी

थीं। न उनके अतीत थे और न आने वाला कल। था तो बस उनका जिस्म। जिसके नये–नये ग्राहक क़तार में अपनी हवस लिये अपनी बारी की प्रतीक्षा करते रहते।

मगर शन्नो अपनी उदासी छुपा नहीं सकी और कमरे को बन्द करके औंधे मुँह बिस्तर पर लेट गयी। उसने अभी तक बाली नहीं उतारी थी। उसकी तमन्ना हुई कि आज फिर कहीं से उसकी माँ आ जाये और थपकी देकर उसे अपनी गोद में सुला ले। मगर माँ कहाँ से आती, होती तो आती। शायद माँ होती तो शन्नो यहाँ आती ही क्यों? शन्नो की माँ अपने चौथे प्रसव के दौरान गुज़र गयी थी। फिर उसके पिता पर अकेले अपनी तीनों बेटियों के पालन–पोषण का जिम्मा आ गया। मगर रिक्शाचालक पिता कर भी क्या सकता था? इसलिए आठ साल की शन्नो कुछ घरों में छोटे–मोटे काम करने लगी।

ऐसा ही एक घर था डाकबाबू का। लोगों की नज़र में डाकबाबू बड़े नेक आदमी थे। शन्नो उनके घर भी काम करने जाती थी। डाक बाबू या उनकी पत्नी कभी–कभी कुछ मिठाई या पुराने कपड़े शन्नो को दे देते। इन नेमतों के बदले शन्नो और उसके परिवार का डाकबाबू के प्रति विश्वास देवता के स्तर पर पहुँच गया। धीरे–धीरे शन्नो उनके घर के अन्य ज़रूरी काम भी निपटाने लगी और बाकी घरों की पगार के बराबर पैसे भी उसे एक ही घर से मिलने लगे। आठ साल की शन्नो धीरे–धीरे तेरह साल की हो गयी थी।

डाकबाबू एक बार अपनी पत्नी को छुट्टी में दिल्ली घुमाने ले जा रहे थे। डाकबाबू की पत्नी गर्भवती थीं इसलिए एक सहायक की भी ज़रूरत थी। डाकबाबू शन्नो के घर आये और उसके पिता से शन्नो को दिल्ली ले जाने की अनुमति माँगी। डाक बाबू की माँग को शन्नो के पिता उनके अहसानों के चलते ठुकरा न सके। शन्नो पहली बार रेलगाड़ी में चढ़ी। तेरह साल की शन्नो बचपन से दिल्ली के बारे में कहावतों और कहानियों में सुनती आ रही थी। दिल्ली पहुँचते–पहुँचते वह आत्मीय रूप से डाकबाबू को देवता समझने लगी। पहले दिन उसने डाकबाबू की पत्नी का बैग उठाए–उठाए कनॉट प्लेस, इण्डिया गेट, कुतुबमीनार समेत बहुत कुछ घूमा। शन्नो को ऐसा लग रहा था, जैसे

वह किसी दूसरी दुनिया में आ गयी है।

रात को रुकने का प्रबन्ध डाकबाबू के एक दोस्त के घर में था। थकी हुई अपनी पत्नी को सुलाकर डाकबाबू ने शन्नो को घर के किचन में सोने के लिए कह दिया। थकी–हारी शन्नो की भी आँख कब लग गयी, उसे पता भी नहीं लगा। आधी रात में शन्नो को अपने जिस्म पर कुछ महसूस हुआ तो हड़बड़ाकर उसने आँखें खोलीं और देखा डाकबाबू का दोस्त उसकी छाती पर हाथ रखे कुछ टटोल रहा था। शन्नो को कुछ समझ तो नहीं आया मगर वह इतना जान गयी कि जो कुछ भी हो रहा है, वो ग़लत हो रहा है। किसी मदद को तलाशती आँखों को घुप्प अँधेरा ही नज़र आया। इसलिए उसने किचेन के बाहर जाकर मदद तलाशने की ठानी। फिर हाथ में आये किसी बर्तन को डाकबाबू के दोस्त के सिर पर मारकर किचेन से बाहर निकल आयी तो देखा बाहर के कमरे में सोफ़े पर डाकबाबू बैठे थे। जिनके सामने पड़ी मेज़ पर खाली बोतल और दो काँच के गिलास रखे थे। शन्नो समझ गयी कि डाकबाबू ने शराब पी रखी है। शन्नो का पिता भी शराब पीता था और उसकी माँ के साथ मारपीट किया करता था। शन्नो मार के डर और डाकबाबू के दोस्त की हरकत से अन्दर तक सिहर चुकी थी। शन्नो को याद आया कि जब उसका पिता शराब पी लेता था तो उसकी माँ उसके पिता को कमरे में बन्द करके बाहर सड़क पर भाग जाती थी। इसलिए उसने घर के बाहर निकलकर सड़क पर भाग जाना उचित समझा। पीछे देखा तो डाकबाबू का दोस्त अपने लड़खड़ाते पैरों से उसकी तरफ़ बढ़ रहा था और डाकबाबू भी लड़खड़ाते हुए खड़े हो रहे थे। उसने दरवाज़ा खोला और भागती चली गयी और भागते–भागते एक ऐसी सड़क पर पहुँच गयी, जहाँ से वह कभी वापस नहीं लौटी। वह सड़क वन वे थी और यहीं से शन्नो की ज़िन्दगी एक जिस्म में तब्दील हो गयी।

बन्द कमरे में पड़ी शन्नो वापस आज में लौट आयी थी। उसके कमरे में कुछ नहीं बदला था। कमरे का शीशा जैसे का तैसा था। बिस्तर से शराब, पसीने और वीर्य की दुर्गंध वैसी–की–वैसी थी। तभी किसी ने दरवाज़ा पीटा। बाहर से आवाज़ आयी, "शन्नो! तेरा

लौंडा आया है।''

यह दुष्यन्त था। शन्नो समझ गयी। शन्नो! ने कुण्डी नीचे कर देखा तो दुष्यन्त ही था। दुष्यन्त तीन साल पहले नशे की हालत में अपने कुछ दोस्तों के साथ उसके कोठे पर आया था। मगर शन्नो के साथ कमरे में बन्द होने के बाद दुष्यन्त पहला पुरुष था जिसने नशे की हालत में शन्नो के साथ 'वो' नहीं किया जो हर शख़्स करने आता था। कमरे में आते ही जब शन्नो ने उसकी पैंट पर हाथ रखा तो दुष्यन्त ने उसे रोक दिया था। दुष्यन्त ने कहा, ''नहीं, मैं सिर्फ़ थोड़ी देर तुम्हारे साथ रहना चाहता हूँ। अकेले में और चैन से। शायद दोनों को कुछ सुकून मिल जाये।'' उस दिन शन्नो ने पहली बार सुकून शब्द सुना था। इसके बाद जब भी दुष्यन्त आया, शन्नो को कुछ और सुकून मिलता गया। न तो दुष्यन्त ने किसी और की ओर देखा, न शन्नो ने दुष्यन्त को ग्राहक के रूप में। एक बार उसने दुष्यन्त का फ़ोन चुराकर उसका नम्बर भी ले लिया था। जब दुष्यन्त कुछ दिनों तक नहीं आया, तब उसने ही दुष्यन्त को फ़ोन करके बुलाया था। ऐसे मौक़ों पर वह अपनी क़ीमत ख़ुद ही अदा कर देती। फिर ऐसा बार–बार होने लगा। दुष्यन्त भी बेचारा क्या करता? पढ़ाई के लिए मिलने वाला पैसा पढ़ाई के बाद बन्द हो गया था। नौकरियाँ रास नहीं आ रही थीं इसलिए पैसे नहीं बचे। सो आना भी बन्द हो गया। मगर अपने ख़र्चे के लिए शन्नो जो भी पैसे बचाया करती थी, वह उसे देने लगी।

इस बार दुष्यन्त कुछ उदास था। शन्नो ने उसकी ओर देखा तो अपनी उदासी भूल गयी। उसने दुष्यन्त से पूछा, ''क्या हुआ?''

दुष्यन्त ने कहा, ''कुछ नहीं। नौकरी मिलती नहीं। सोच रहा हूँ घर चला जाऊँ! वहाँ अब ख़ुद का अख़बार निकालूँगा।'' शन्नो को लगा, जैसे वह फिर डाकबाबू के दोस्त के घर का दरवाज़ा खोलकर सड़क की ओर दौड़ पड़ी हो।

''फिर कभी दिल्ली नहीं आओगे?'' शन्नो ने सवाल दागा।

दुष्यन्त ने सर्द साँस छोड़ते हुए उसी अन्दाज़ में जवाब दिया, ''देखूँगा। तुमसे मिलने की कोशिश तो रहेगी ही। मगर क़िस्मत का

क्या ऐतबार?'' और वो दरवाज़े की तरफ़ पलटते हुए बोला, ''तो चलूँ?''

''पैसे हैं?'' शन्नो ने हर बार की तरह पूछा।

''घर जाने लायक़ हैं।'' इतना कहते हुए वह दरवाज़े तक आ गया।

शन्नो ने उसे रुक जाने का इशारा किया और अपनी कान की बाली उतारकर उसकी जेब में डाल दी।

शन्नो ने आख़िरी सवाल पूछा, ''मुझे भूल तो नहीं जाओगे?''

दुष्यन्त की उदास आँखों में एक भरोसे की चमक उभर आयी और फिर उसने मुख़्तसर–सा जवाब दिया, ''साँस लेना भी कोई भूल सकता है क्या?'' और कहते हुए ट्रेनों के हॉर्न, मसालों की ख़ुशबू और आती–जाती गाड़ियों के शोर में गुम हो गया।

# जामुन के दाग़

कुन्दन सीमी

बेल के घने पेड़ों के बीच, शिवालय के ठीक पीछे एक जामुन का पेड़ है। कल जब पीट–पीटकर वर्षा होने लगी तो मैं दौड़े–दौड़े आया और वहीं छिप गया और वर्षा की बूँदों को चिढ़ाने लगा, ''क्यों? हिम्मत हो तो आ जा मेरे पास।''

वर्षा की बूँदें जैसे क्रोधित हो गयीं और ज़ोर–ज़ोर से बरसने लगीं। मैं पछताने लगा। जड़ की ओर खिसका। अचानक एक धक्का–सा लगा और मेरी पीठ से कोई टकरा गया। मैंने सँभलकर पीछे देखा। वह रमा थी।

मुझे काठ–सा मार गया क्योंकि मेरे जीवन में अपने ढंग की यह पहली घटना थी। उसे भी भय लगने लगा। हम दोनों की आँखें झुक गयीं। कुछ कहे न बनता था। थोड़ी देर बाद हम दोनों शर्माने लगे। अचानक एक जामुन रमा से टकराकर मेरी कमीज़ पर आ गया। मैंने उसे थाम लिया, फिर मैंने लजाये स्वर में कहा, ''रमा! बड़ी एकान्त जगह है, क्यों?''

वह लाज के मारे कुछ न बोल सकी। मैंने फिर धीरे से कहा, ''देखो न, मेरी कमीज़ पर जामुन के दाग़ लग गये हैं।''

वह जामुन के दागों को यों निहारने लगी, जैसे यह कोई बड़ी घटना हो। अबकी बार मैं भाँप गया कि मैं जो कुछ भी कहूँगा, वह सिर झुकाए स्वीकार कर लेगी। मैं प्रसन्नता से फूल उठा और कहा, ''एक बात कहूँ।'' उसने लजाते शब्दों में मुस्कुराकर हाँ कह दी।

"क्या इस जामुन के दाग की भाँति मेरा प्यार तुम्हारे दिल में बस सकेगा।" यह सुनकर उसने एक बार मेरी तरफ़ देखा और मुस्कुराई। और फिर अपने चन्द्रमुख को पेड़ की ओट में छिपा लिया। उसके भीगे गुलाबी बदन पर यह अभिनय, लाल-लाल नाख़ून और चूड़ियों की खन-खन यूँ शोभती थी कि जी चाहता था कि उसको चूम लूँ। लेकिन वह दूसरे ही क्षण तीव्र गति से भागने लगी। वर्षा की बूँदों ने उसे इतना छेड़ा था कि उसके कपड़े उसके बदन से चिपक गये थे।

मेरी आँखें उसके पुनर्दर्शन के लिए व्यग्र हो उठीं। उसकी शर्मीली आँखें मेरी आँखों में बस गयीं।

जिस दिन से वह दाग मेरी कमीज़ पर लगा, रमा के सिवा जैसे कोई चीज़ ही न रही। बस रमा ही आँखों में बसी रहती। वह दिन अन्य दिनों से कितना भिन्न था। बातों में मन्द गति, व्यग्रता, उत्सुकता और शर्म हम दोनों को पहली बार व्यापी थी। कुछ दिन पहले पलाश के फूल खिले, उन पर भौंरे मँडराते। होली के दिन आते और चले जाते। हम केवल खाते-पीते और मौज उड़ाते। उनमें न कोई आकर्षण था और न कोई गति। लेकिन आज उनमें दोनों प्राप्त हुए। दूसरे ही दिन मैं उनसे तरह-तरह की बातें पूछने लगा, "क्यों रमा कब आयेगी?"

वह मेरी अनुपस्थिति में झाड़ियों से पूछती, "प्रकाश इतना सुन्दर क्यों लगता है?" मैं इसी प्रश्न का उत्तर देने के लिए झाड़ियों में छिपा रहता और प्रश्न करते ही प्रकट होकर कहता, "मेरी आँखों से पूछ लो और वह लजा जाती।"

न जाने उसे सोना नदी के तट पर क्या मज़ा आता कि वह मुझे कभी भी वहीं घसीट ले जाती। वहीं हम प्रकृति का बखान करते, "रमा! सूर्य न जाने क्यों हमें यूँ देख रहा है।"

रमा कहती, "वह देख रहा है कि हम यहाँ क्यों मिलते हैं।"

"बगीचे के पत्तों पर उसकी किरणें जा रही हैं।"

"हूँ।"

"जैसे घर से कोई औरत रूठकर चली जा रही हो।"

"इसमें लगी ईख सूर्य को प्रणाम कर रही है।"

"देखो न धान के पौधों कि चोटी पानी पर तैर रही है।"

"वो देखो, उस हरे मैदान में गायें–भैंसें चर रही हैं।"

"बच्चे भी खेल रहे हैं।"

"खजूर के पेड़ जैसे किसी का इन्तज़ार कर रहे हैं।"

"जैसे मैं तुम्हारा इन्तज़ार किया करती हूँ।"

"अपने प्रियतम का?"

"चुप पागल!" यह कहकर वह मेरे होंठों पर अपनी दो पतली उँगलियाँ रख देती।

वहाँ से लौटने पर मैं या तो उसका कार्टून बनाता या कोई गीत लिखता। जो लिखता, उसी को लिखता। जो गाता उसी को गाता। जीवन के प्रत्येक पुर्जे को मैंने उसी के रंग में रंग डाला। उसी के साथ मेरा सुख था। उसी के साथ मेरा दुःख। उसी के साथ मेरा जीवन। उसे गुलाबी वस्त्रों से प्रेम था। मैं भी गुलाबी कपड़े पहनने लगा। कमरे में गुलाबी तस्वीर भी लगाने लगा। और कहाँ तक वर्णन करूँ। कभी स्वयं को भूलकर नाख़ून भी रंग लेता था। और यूँ ही हमारे दिन गुज़रने लगे।

ज़िन्दगी का एक नया मोड़! ज़िन्दगी एक नये चौराहे पर!

वह नया मोड़, जिसने हृदय के तन्तुओं को मोड़ दिया। वह नया चौराहा, प्यार का चौराहा जिसने एक नयी मंज़िल की ओर अग्रसर किया।

जीवन का राग ही बदल गया। वह तरह–तरह के उपकरणों से सजती। मेरे हाथों को चूमती। मनमोहक कजली गाती–मेरा प्यार पाने के लिए।

मैं भी उसकी प्रशंसा करता। उसकी सौन्दर्य मादकता को चित्रित करने वाली कविताएँ लिखता। हम दोनों एक–दूसरे से बँधे थे। एक के बिना दूसरे के जीवन का कोई अस्तित्व ही न था।

लेकिन समय ने एक करवट ली। प्रकृति एक नये लिबास में थी। धीरे–धीरे अमावस्या का दिन आ गया। मैं प्रसन्न मन से तेज़ पाँव बढ़ाता सोना के किनारे चल पड़ा।

रमा पहले से ही वहाँ बैठी मेरी प्रतीक्षा कर रही थी। मैंने पीछे

से आकर उसकी आँखें बन्द कर लीं और कहा, ''बोलो कौन है?''

उसने बिना कुछ उत्तर दिये मेरे हाथ अपने चेहरे से हटा दिये।

मैंने प्रसन्न होकर कहा, ''रमा! देखो न सूर्य की किरण कितनी धूमिल हो गयी है।''

''हूँ!''

''बगीचे के पत्ते रूखे लग रहे हैं।''

''हूँ!''

''सोना की गति कितनी धीमी पड़ गयी है।''

''हूँ।''

फिर वही रुखाई।

मेरे हर सवाल का उत्तर वह 'हूँ' में दे रही थी। झुँझलाकर मैंने उसके चेहरे को अपनी ओर घुमाते हुए कहा, ''तोहर मन धूमिल कहे ह गोरी?''

मैंने ग़ौर से देखा, उसका चन्द्रमुख मलिन था। गुलाबी वस्त्र काफ़ी गन्दे थे। कानों के कुण्डल बालों से उलझे थे और बाल बिखरे–बिखरे से थे। मैंने घबराए हुए पूछा, ''रमा! यह क्या हालत बना रखी है?''

अचानक उसकी आँखों में आँसू भर आये।

मैंने उसे झिंझोड़कर पूछा, ''कहो न क्या बात है?''

उसकी आँखों से दो बूँद आँसू टपक गये और उसने मेरी बाँहों में गिरकर कहा, ''प्रकाश! मेरी शादी तय हो गयी।''

मुझे तो ऐसा लगा, जैसे मेरे सिर पर बिजली गिर गयी। हृदय की धक–धक बढ़ गयी और हाथ काँपने लगे। फिर भी मैंने कृत्रिम हँसी में कहा, ''ठीक ही तो है।'' और चेहरा काला पड़ गया। जाते समय उसकी आँखें जैसे शादी में आने का निमन्त्रण दे रही थीं।

जाते हुए मुड़–मुड़कर देखता और क़दम बढ़ाता जाता। जब तक घर पहुँचा, तब तक सारा गाँव दीयों से सज चुका था। ये दीये मेरी भावनाओं से मज़ाक़ करने में सफल हो रहे थे। जब छत पर चढ़ा तो सोना नदी में कुछ दीप तैरते हुए दिख रहे थे। एक तरफ़ उसकी शादी की तैयारी और दूसरी तरफ़ मैं एक निरीह भिखारी। धारा कितनी उल्टी थी। काश! जिन दिनों यह घनिष्ठता हम दोनों ने

बढ़ाई थी, उन दिनों इन दुर्दिनों की कल्पना भी की होती।

उस दिन छत से सारे नज़ारे दिख रहे थे। मैं उसी छत पर बैठा–बैठा सब कुछ देख रहा था। आज उसी जगह जहाँ मैं रमा से हर शाम मिला करता था, वहाँ फुलझड़ियाँ–पटाखे छोड़े जा रहे थे। उनकी आग छिटक–छिटककर दूर–दूर तक आकाश को छू–छूकर ज़मीन पर लौट आती, जैसे वह उस कलंकी को ढूँढ़ रही हो, जो उनकी भावी बहू से अठखेलियाँ भरा करता था। उनकी भड़कीली रोशनी में बगीचे के पत्ते–पत्ते चमक रहे थे। मैंने सोचा कि आज आग भी मुझसे घृण ा करती है। उन दिनों के सामने ये कल्पनाएँ कितनी निर्जीव थीं।

मैं सोया, लेकिन नींद नहीं आयी। आधी रात हुई। मैं पथरायी आँखों से उधर देखने लगा। ठीक आधा मील की दूरी पर बारात में आये हुए बैंड–बाजों की धुन सुनाई पड़ रही थी। कल्पना के मन्दिर में रमा को देखा तो वह पीले वस्त्रों में सज चुकी थी। उसके गुलाबी चेहरे पर एक अनुपम सौन्दर्य था। कानों के कुण्डल बदले जा चुके थे और माथे पर एक लाल–सा दाग़ लग चुका था।

विचारों की लड़ियाँ टूटते ही मेरा हृदय टूक–टूक हो गया। वह मेरी दुनिया से बहुत दूर जाने के लिए तैयार हो चुकी थी। हृदय की गहराई से एक प्रेमभरा दर्द उमड़ गया।

मैं उठ खड़ा हुआ। क़दमों में शराब–सा नशा, आँखों में आग–सी लाली, हृदय में वियोग की आँधी कौंधने लगी। अनायास ही बारात की ओर मेरे लड़खड़ाते पाँव बढ़ गये।

बारात का रंग ही कुछ और था। सब लोग ख़ुशी से पागल हो रहे थे। कोई नाच वालों को पुरस्कार दे रहा था। कोई जी भरके हँस रहा था। कोई नशे में झूम रहा था। नृत्यकार गा रहा था :

"घर ना बहारेले, बसनवो न माजेले,
दुल्हनवा ख़ातिर, रोयले रे चकचोन्हरी"

बारात की दूसरी रात भी वियोग सागर की लहरों में डूबते–उतराते ही बीत गयी। आत्मा पागल–सी बन गयी थी।

तीसरे दन जब सवेरे आँख खुली तो देखा सड़क से एक डोली जा रही थी जिसमें कोई दुल्हन 'माई हो' की रट लगाये जा रही

थी। मैं चौंककर उठ गया। हृदय की सारी भावनाएँ इस भयंकर आग में गुल हो गयीं। एक कठोर चीख़ निकली भी तो आँसुओं में प्रकट न हो सकी। अनायास ही मेरे क़दम सोना नदी की ओर बढ़ गये।

दो घण्टे बाद मैंने 'सोना' से पूछा, ''क्या मेरी रमा चली गयी?'' वह शान्त रह गयी। मैं समझ गया कि उत्तर 'हाँ' में ही है।

सूर्य आज पहली बार इतना गर्म था कि बगीचे के पत्ते झड़ रहे थे। सोना की सूखी मिट्टी धूल उड़ा रही थी। ईख के पौधों की जगह ढेले ही ढेले थे। मैदान तो उस वृहद मरुभूमि की तरह प्रतीत होता था जिसमें न किसी जीव को खाने के लिए भोजन मिलता है, न पीने के लिए पानी। उसमें अब न गायें–भैंसे चरती हैं, न बच्चे ही खेलते हैं। खजूर के पेड़ों के पत्ते उड़ गये थे, जैसे वे भी मेरी तरह किसी के इन्तज़ार की आग में जल गये हों।

प्रकृति उन सारे चिह्नों को मिटा चुकी थी जो मेरी प्रेम–गाथा को स्मरण कराने में सफल होते। अगर कोई चिह्न था तो बस वही जामुन के दो दाग़। तब से वे जामुन के दाग़ ही मेरे साथी हो गये।

# लेखक परिचय

## कैफ़ी हाशमी

जन्मतिथि : 29 अक्टूबर 1994

जामिया मिल्लिया इस्लामिया से बी.एड. कर रहे हैं। साहित्य में बचपन से ही दिलचस्पी है। वह भी इतनी कि साइंस छोड़कर हिन्दी साहित्य में ग्रेजुएशन किया और गोल्ड मेडलिस्ट रहे। कुछ अप्रकाशित कविताएँ और कहानियाँ हैं जिन्हें सँभाले हुए हैं।

ई–250, गली नम्बर 9, शास्त्री पार्क,
नयी दिल्ली–110053
मो. : 9818539887
ई–मेल : hashmikaifi@gmail.com

## अंजलि काजल

जन्म : 20 अक्टूबर 1978 ,

पंजाबी हैं। साहिर लुधियानवी के शहर लुधियाना में जन्मी हैं। एम.कॉम. किया है। बी.एस.एन.एल., दिल्ली में कार्यरत हैं और मशहूर पत्र–पत्रिकाओं में छपती रही हैं।

टी–20 / 7, अतुल ग्रोव रोड, नयी दिल्ली–110001
मो. : 9868119925
ई–मेल : anjalikgautam@gmail.com

## सविता पाण्डेय

जन्मतिथि : 26 अप्रैल 1984

पटना की पैदाइश। बी.ए. (ऑनर्स अंग्रेज़ी), एम.ए. अंग्रेज़ी में, फाइन आर्ट्स में डिप्लोमा। सुप्रसिद्ध प्रकाशन माध्यमों पर प्रकाशित और पूर्व में भी पुरस्कृत होती रही हैं। फ़िलहाल घर–संसार, स्वतन्त्र लेखन और पेंटिंग में खुद को व्यस्त रखती हैं।

बी–165, जी.डी. कॉलोनी, मयूर विहार फ़ेज–3, दिल्ली–110093
मो. : 9457267936
ई–मेल : savitapan@gmail.com

## प्रणय पाठक

जन्मतिथि : 13 अक्टूबर 1992

नोएडा में जन्म हुआ। स्कूली शिक्षा समरविल स्कूल, वसुन्धरा एनक्लेव में हुई। श्यामलाल कॉलेज से अंग्रेज़ी में स्नातक और आत्माराम सनातन धर्म कॉलेज से स्नातकोत्तर। रोज़मर्रा के किस्सों पर कहानियाँ और कविताएँ लिखना पसन्द है। गढ़वाली लोक साहित्य पर काम करने की तमन्ना रखते हैं। सिनेमा और क्रिकेट से बेहद प्यार है।

बी–12/10–7डी, उदयगिरी–1, सेक्टर–34, नोएडा–201307
मो. : 9958448956
ई–मेल : pathakAprannay@gmail.com

## दीपांकर

जन्मतिथि : 10 अप्रैल 1992

जामिया मिल्लिया इस्लामिया से भौतिक विज्ञान में M.Sc. फिर साहित्य, कहने के शौक़ और सामाजिक सरोकार की चाह ने अन्ततः पत्रकारिता की पढ़ाई की तरफ़ खींच लिया। फ़िलहाल भारतीय जनसंचार संस्थान (IIMC) से रेडियो एण्ड टी.वी. जर्नलिज्म की पढ़ाई।

आईआईएमसी, नयी दिल्ली–110067
मो. : 7503536600
ई–मेल : deepu75035@gmail.com

## ज्योति

जन्मतिथि : 5 जनवरी 1988

दिल्ली में जन्म हुआ। शुरुआती शिक्षा नगर निगम प्राथमिक विद्यालय में हुई और माध्यमिक व उच्चतर पढ़ाई–लिखाई, अरुणा आसफ़ अली सर्वोदय विद्यालय में पूरी की। स्नातक कालकाजी स्थित देशबन्धु कॉलेज से किया। इन्दिरा गाँधी राष्ट्रीय मुक्त विश्वविद्यालय से हिन्दी में एम.ए. किया। वर्तमान में जवाहरलाल नेहरू विश्वविद्यालय में एम.फिल. जमा कर चुकी हैं। इससें ज़्यादा परिचय नहीं है और इस परिचय का इण्टरव्यू देते–देते अब रट्टा लग चुका है, इसलिए इसमें ग़लती की कोई गुंजाइश नहीं है। ब्लॉग बना रखा है और उस पर लिखती हैं और उम्मीद से ज़्यादा प्रतिक्रियाएँ पाती हैं।

आर जेड–2104/26, तुग़लकाबाद विस्तार,
नयी दिल्ली–110019
मो. : 9210896264
ई–मेल : jyotijprasad@gmail.com

## आर्य भारत (आशुतोष कुमार राय)

जन्मतिथि : 3 नवम्बर 1994

काशी हिन्दू विश्वविद्यालय से वाणिज्य में स्नातक। वर्तमान में भारतीय जनसंचार संस्थान से पत्रकारिता की पढ़ाई। कविताओं में रुचि। रंगमंच में सक्रियता।

आईआईएमसी, नयी दिल्ली–110067
मो. : 9540415472
ई–मेल : aaryrim¡@gmail.com

## राम अधीन विश्वकर्मा

जन्मतिथि : 24 जुलाई 1986

मूल निवास स्थान गोरखपुर, स्कूली शिक्षा दिल्ली में सेंट फ्रांसिस डी सेल्स स्कूल और कैप्टन अनुज नायर सीनियर सेकण्ड्री स्कूल से पूर्ण हुई। दिल्ली यूनीवर्सिटी से जर्नलिज्म एवं मास कम्यूनिकेशन में स्नातक, भारतीय विद्या भवन से रेडियो एवं टीवी जर्नलिज्म में स्नातकोत्तर डिप्लोमा और गुरु जम्भेश्वर यूनीवर्सिटी से जर्नलिज्म एवं मास कम्यूनिकेशन में स्नातकोत्तर। वर्तमान में पत्रकारिता कर रहे हैं। कविताएँ और कहानियाँ लिख रहे हैं। मंच से कविता–पाठ का भी अनुभव है।

सी–510, महावीर एनक्लेव, पार्ट–3, गली नम्बर–44,
उत्तम नगर, नयी दिल्ली–110059
मो. : 8860857772
ई–मेल : ram.vishwakarma1@gmail.com

## आकाश कुमार

जन्मतिथि : 28 मई 1990

कटिहार (बिहार) में जन्म हुआ। जवाहरलाल नेहरू विश्वविद्यालय, नयी दिल्ली में पीएच.डी. में अध्ययनरत हैं। बचपन में बाल पत्र–पत्रिकाओं में कुछेक तुकबन्दियों और अकादमिक रिसर्च के दौरान एपीआई के लिए लिखे गये शोध–आलेखों, समीक्षाओं के अलावा कोई प्रकाशन अब तक नहीं। अच्छा लिखने को मुश्किल काम मानते हैं और मुश्किल कामों से बचने को अपनी आदत।

218, नर्मदा, जेएनयू, नयी दिल्ली–110067

मो. : 9899585644

ई–मेल : aakashkumar91@hotmail.com

## आनन्द विजय दुबे

जन्मतिथि : 1 जून 1970

छत्तीसगढ़ की पैदाइश। शुरुआती पढ़ाई–लिखाई भी वहीं। आगे की पढ़ाई रीवा और जबलपुर में हुई। नौकरी के लिए दिल्ली आना हुआ और फ़िलहाल यहीं भारतीय कृषि अनुसंधान संस्थान में वरिष्ठ तकनीकी अधिकारी के रूप में कार्यरत हैं। कभी रंगमंच का शौक़ रखते थे, अब नहीं रखते हैं। इन दिनों फिर से अपने आपकी ओर यानी लिखने–पढ़ने की तरफ़ लौट रहे हैं।

मो. : 9899585644

ई–मेल : anandexpt@gmail.com

## अनुराग आनन्द

जन्मतिथि : 5 अक्टूबर 1996
शुरुआती शिक्षा–दीक्षा बिहार में। बाद में दिल्ली विश्वविद्यालय के रामलाल आनन्द कॉलेज से पत्रकारिता में स्नातक। बहस करना, घूमना और राजनीतिक इतिहास के साथ–साथ मंटो को पढ़ना पसन्द है।
बी–74, बुद्ध विहार, बदरपुर, नयी दिल्ली–110044
मो. : 8505920589
ई–मेल : anuragaanand085@gmail.com

## विभव देव शुक्ल

जन्मतिथि : 24 दिसम्बर 1995
पत्रकारिता के छात्र हैं। समाचारों के सान्निध्य में रहते हैं। हिन्दी–अंग्रेज़ी दोनों पर ही 'फुल कमांड' पाना चाहते हैं। अभी हिन्दी में ही ज़्यादातर लिखते हैं।
317–बी, श्याम नगर कॉलोनी, दारागंज,
इलाहाबाद–211006, उत्तर प्रदेश
मो. : 9792860818
ई–मेल : dudevibhavman@gmail.com

## पूनम अरोड़ा

जन्मतिथि : 26 नवम्बर.
लिखने–पढ़ने की दुनिया में 'श्री श्री' के नाम से भी पहचान। विश्व सिनेमा में सघन दिलचस्पी। कविताएँ और डायरियाँ भी लिखती हैं। हरियाणा साहित्य अकादमी द्वारा श्रेष्ठ युवा लेखन के लिए सम्मानित भी हुई हैं।

1157 / 28, फरीदाबाद–121002, हरियाणा
मो. : 8447665440
ई–मेल : poonamAarora79@yahoo.com
shreekaya@gmail.com

## देवपालिक कुमार गुप्ता

जन्मतिथि : 1 जुलाई 1995
बी.टेक. (सिविल इंजीनियरिंग) हैं। हिन्दी में किताबें पढ़ते हैं, गाँव से प्यार करते हैं और कॉमेडी करना भी पसन्द है। मुखर्जी नगर, दिल्ली–110009 में कहीं रहते हैं।

मो. : 9910764388
ई–मेल : devguptagpt2@gmail.com

## अभिनव

जन्मतिथि : 2 दिसम्बर 1992

कोंच (उत्तर प्रदेश) में जन्म हुआ। ललितपुर में प्रारम्भिक शिक्षा ग्रहण की। नोएडा से टेलीविज़न पत्रकारिता में स्नातक और फिर हिन्दी में परास्नातक की शिक्षा को बीच में छोड़ा। साल 2012 में स्नातक के बाद कोंच से साप्ताहिक समाचार–पत्र 'द लास्ट होप' निकाला जो बाद में आर्थिक तंगी की वजह से बन्द करना पड़ा। कुछ समय गाँवों को समर्पित समाचार–पत्र गाँव कनेक्शन और सिटीजन न्यूज सर्विस समेत तमाम स्वयंसेवी संस्थाओं को भी सेवाएँ प्रदान कीं, जिनके अनुभव भी अपने अख़बार की तरह रहे। इप्टा के माध्यम से मंच पर नाटक भी किया है। इस बीच कविताएँ और कहानियाँ भी लिखते रहे हैं।

एबी–18, मथुरा रोड, नयी दिल्ली–110044
मो. : 7599208122
ई–मेल : abhinavmedia92@gmail.com

## कुन्दन सीमी (ओमप्रकाश श्रीवास्तव)

जन्मतिथि : 2 मार्च 1953

सिवान (बिहार) की पैदाइश। शुरू में सीमेंट फैक्टरी में और बाद में स्वास्थ्य विभाग में काम किया। फ़िलहाल अवकाश प्राप्त कर स्वतन्त्र–लेखन कर रहे हैं। कॉलेज के दौर से ही कहानी लिखना शुरू किया। मानते हैं कि साहित्यिक प्रतिभा का विकास नौकरी के चलते नहीं हो पाया।

विलेज–पटेवार, पोस्ट–मरिहान, ज़िला–मिर्जापुर, उत्तर प्रदेश
मो. : 9450314197, 8858234112
ई–मेल : opskundansimi0203@gmail.com

झमाझम
चौ-चक
क्या चल रहा है...?
LALLAN TOP